なまぐさ坊主のゴーストファック

◆◆◆

綿引 海

Umi Watabiki

紅文庫

目次

装幀　遠藤智子

なまぐさ坊主のゴーストファック

第一章　肉弁慶勃つ

1

「寝《ね》屋峠《やとうげ》の上の、カーブから張り出してる駐車場あたりで、マネージャーがはっきり見たんだって、真っ白な女の幽霊」

アケミは湯で溶いたローションを黒然《こくねん》和尚の上半身に塗ると、前から抱きつくように小ぶりなバストを押しつける。

「バイパスじゃなく旧道だよね。車の中でいちゃついてたら、窓に血まみれの女が映るってやつでしょう？　あたしも友達に聞いた」

若いユリは先輩を立てて後ろにまわり、巨大な乳房を客の背中に、ぱんっと当てた。

「またその話か。出入りの植木屋も噂《うわさ》をしておったよ」

うんざりした様子で和尚は答えた。

「うちのマネージャー、霊感なんてありそうにないのにねぇ」

　金色の特殊な樹脂の椅子——業界用語ならスケベイス——の後ろにまわった
ユリは、指を滑らせて和尚の背中にローションを広げ、尻の谷間をからかう。

「でも、幽霊がはっきり見えちゃったらしいの。あのヤクザあがりのマネージャーが真っ青になっていたもの」

　アケミは座った老僧の脚の間にかがむと、目の前でむっくりと反応を示した一物に、真っ赤に塗った唇を寄せていく。

「だから、みんなで相談したんだけどね……んふっ」

　とはいえ和尚の持ち物は、頭が彼女の握りこぶしほどもある巨大な武具だ。慣れたアケミが口をいっぱいに開いても、傘の中ほどまでしか収まらない。

「むふぁ……らから、おしょうさまひ、そうらんしおうって」

　餌《えさ》を呑《の》みこむ鯉《こい》の顔で、ソープ嬢は上目遣いに男を見つめる。

　和尚はうむぅと眉《まゆ》を寄せて、自分の股間で舌を使うベテランの嬢に目をやった。

「しゃぶるかしゃべるか、どちらかにせい」

「びゃぁ、ひゃぶるね」

背中に大きな乳房を押し当て、じゅっぷる、じゅっぷるとローションを塗り広げながら、和尚の尻の谷間を指で刺激するユリがささやく。

「旧道の寝屋峠を越えてくるお客さんが、道が気味悪いからって近づかないのよ。お願い、黒《こく》さん。なんとかしてよ。お坊さんでしょ？」

黒然和尚は後ろに手をまわし、ユリのつるりと剃《そ》った下腹を撫《な》でてから柔らかな谷間に指を食いこませる。

「あン」

「知ったことか。そもそも霊魂だのお化けだの、ワシは相手にしておらん」

なにしろ、そこらじゅうにうろうろしているからだ。

霊感体質という。三十年前に遊びに行ったメキシコで知り合った女がたまたまマフィアのボスの愛人だった。

後頭部を九ミリ弾で削られて生死の境をさまよって以来、和尚の目にはこの世ならざるものが見えるようになった。

能力に気づいたのは山刀《マチエテ》片手にマフィアの屋敷を襲ったときだ。私刑された恨みを抱えて廊下をうろつく霊が、和尚をボスの寝室まで案内してくれた。帰国して住職となってからも、相変わらず霊たちはしょっちゅう和尚にからんできて、面倒を起こす。

今だってそうだ。

湯気いっぱいの個室には江戸《えど》末期、このあたりの遊郭にいた遊女の霊がのんびりと煙管《キセル》片手に漂っているし、数年前にプレイ中に心臓発作で死んだ中年男の霊は裸のまま半ば床に埋まっている。だが、部屋にいる霊はそれだけだ。

住職を務める寺から近い盛り場には何軒もソープランドがある。その中から和尚がこの店を選ぶのは、浴室を漂う霊が少ないからなのだ。

古くからの遊び処だった街だ。ほかの店では、わけもわからず郭《くるわ》に売られ、折檻《せっかん》されて死んだ幼い娘や、戦後の混乱期に縄張りのいざこざで殺されて埋められた愚連隊の霊が軍刀片手にうろうろしている。それに比べてこの老舗《しにせ》ソープランドはずっとのどかだ。

「うちのオーナーが、お地蔵さんを建てるとか、お祓《はら》いをするくらいのお金なら出すってていうのよォ」

「お祓いは神社じゃろ。三崎町《みさきちょう》の神主にでも頼め。うちの寺でやるはずだった信用金庫の若いやつの結婚式を持っていった貸しもあるしな。それよりほれ、尻じゃ。こっちにこい」

黒然和尚は、ぶるんと上向いた肉茎を振るった。

「ああん、あたしに先にちょうだい。黒さんのを挿《い》れられると、仕事だって忘れちゃうわ」

「ちょっと、ユリちゃん、私が先よ。しゃぶってたほうが優先って決まってているじゃやない」

ピンクのマットにふたりが並んで這《は》い、尻を振る。

四つのまるみとふたつの裂け目が和尚を誘う。その横で遊女の霊がふわふわしているが、和尚に慣れっこだ。

最初に選んだのはベテランのアケミだ。両手で、ぐいと尻を割る。

「あん、すーすーするゥ」

尻肉の間には薄茶の窄《すぼ》まり。その下に目指す桃色渓谷。ローションにまみれて光る肉唇はプロフェッショナルの商売道具にふさわしく、丁寧にエステされ、まるで少女のようにつるつるだ。

「それ、まずひと穴目じゃな」

百戦錬磨のプロにも、こんな凶悪な持ち物は見たことがないと言われる和尚の肉弁慶《にくべんけい》。長さは一尺近く、濡れ鋼色の刀身に、大蛇の頭を思わせる、鰓《えら》の反り返った紅玉を載せている。だが肉弁慶の恐ろしさは大きさ、硬さだけではない。長さ、太さが自由自在なのだ。扉の狭い娘相手でも細身の状態で肉の鞘《さや》に収め、そこから太らせることも難しくない。まさに孫悟空《そんごくう》の如意棒《にょいぼう》だ。

「あくうッ、来たァ」

和尚が遊ぶ相手を選ぶときの基準にはいくつかある。そのひとつは「同じ店に長くいる嬢」だ。見た目やNGの少なさではない。テクニックと空気を読める能力。こればかりは店とともに生きてきたソープ嬢にしかできない。

巨大な亀頭の下の、傘が開ききった椎茸のようにめくれた縁を受け入れようと息を吐くアケミと、ふたりの結合部に手を伸ばして和尚の揺れる鬼胡桃《おにぐるみ》を刺激するユリの呼吸はぴったりだ。

「ううーッ、やっぱり和尚様のはすっごいわ。ゴリってなったァ」

「まだ半分も入っておらんぞ」

和尚は自分の霊感体質は気に入らないが、硬軟大小自在な肉弁慶は自慢だ。

「あッ、先っぽ、熱いッ」

若い頃にベイルートからマラケシュまで、修行と称して遊び歩くうちに身についた技だ。人種や年齢、性器の具合もさまざまな相手に合わせようと努力した結果、ゴム風船のごとく硬軟大小、自在に操れるようになったのだ。

「あん、細くなってごりごり奥に来たッ」

「ユリは前にまわって、肩を押さえてやれ」

「いやん、アケミ姉さん、舐《な》めちゃいやぁ」

この街でいちばんの高級店だけに個室は広い。だが喜寿ながら大柄な黒然和尚と、ソープ嬢ふたりが縦につながるには手狭だ。ユリは背中を壁に押し当てられて動けない。バックスタイルで貫かれたアケミは、目をとろんと潤ませて、目の前の後輩の性器を犬のように舐めている。

ハードな3Pに、ふだんは我関せずと漂っているだけの遊女の輪郭が、少しずつはっきりしてきた。現世にかかわろうとするほど、和尚には霊の姿が濃く見えるのだ。もっとも和尚は相手に霊感体質を悟らせない。認識されたと知った霊は理不尽な頼みごとをしてくるからだ。

「ひああッ、当たってる。私の奥で和尚様のが暴れてるゥ」

先端の肉冠さえめりこませれば、あとはどッと突くばかり。まずは胴を細身にして膣肉の蠕動《ぜんどう》を楽しむ。穂先が子宮口にくわえられる感触は独特だ。特にアケミの壺口《つぼくち》はほどよくゆるめで巨大な一物の攻撃を適度に受け止めてくれる。

「うむ。このまま広げるぞ。いいな」

「はくうッ、太くなってる。ああん、広がっちゃう。私のあそこ、ゆるくなって戻らなくなっちゃう」

プロのアケミですら、この膨張率には歯が立たない。商売道具がきゅんきゅんと痙攣《けいれん》をはじめたのを確かめ、ぐっと下腹の力を抜けば、肉弁慶は水を吸った海綿のごとくみちみちと体積を増やして女の襞《ひだ》を引き伸ばす。

「ひはッ、だめぇ。和尚さんをイカせたいのに、仕事を忘れちゃうッ」

絶叫にもまだ足りぬと腰を突き出せば、田楽刺《でんがくざ》しになったアケミの背中が猫のように反る。顔を上に向けるから、とがった鼻が目の前にある後輩のクリトリスを押しあげる。

「姉さん、のけぞらないで、感じないで。あたしが先にイッちゃうよぉ」

レズビアンの気もあるのか、中腰で脚を開いたユリは長い髪を振り乱す。

ふっと黒然和尚の背中が冷たくなった。

「……あちしも、混ぜておくれでないかえ」

小さな声でささやいたのはこの個室にいつづけている遊女の霊。

だが和尚は聞こえず、見えぬ演技を続ける。

「それ、ワシの物をもうひとまわり太らせてやろう。これでどうじゃ」

「あひーィ、許してえッ」

「姉さん、感じないで。あたしもびりびり来ちゃうっ」

「……ああ、ひもじい……切ないぃ」

相手にされぬと知った遊女の霊は、あさましく打掛の前に白粉《おしろい》を塗った手をめりこませて空中ひとり遊びに興じる。

ぱん、ぱんと和尚がリズムよく、アケミの尻で肉太鼓を打ち鳴らす。

あん、あんと肉の杭《くい》を打ちこまれるアケミがのけぞって痙攣する。

やっ、やんっ。

ユリは同僚の顔に自分の性器を押しつけて腰を振る。

くっ、くちゅっと和尚にだけ聞こえてくるのは、遊女の霊の指遊びだ。

「はひぃッ、イッちゃう。ごめんなさいっ、和尚様ァ」

ひときわ高い声で鳴いたのはアケミだ。商売女の意地もむなしく和尚の極太に屈服し、白い性感汁をとろとろとマットに垂らしながらの絶頂だった。

「ああんっ、お姉様、もう、戻れないよぉ……っ。ひはあっ」

先輩ソープ嬢の鼻と口に刺激されて、見事なバストを振りたてていたユリは脚の間で蕩《とろ》けていたアケミの顔に、ぷっしゃぁと潮を撒《ま》いた。

「……んくっ、いや……こんなにさもしく」

人知れず壁ぎわで遊女の霊が真っ赤になって悶《もだ》える。かなりの売れっ妓《こ》だったようで、気位も高かったのだろう。そんな女が指を使っての壺探りで気をやってしまった。

切なげに歯を食いしばり、頬《ほお》を染めて耐える婀娜《あだ》な姿に、思わず和尚もむうと唸《うな》った。

結局、和尚がアケミとユリに交互に二度ずつ精を放つまでに、ふたりは合わせて七回ほども絶頂を迎え、若いユリにいたっては、最後は痙攣したまま起き上がれず、客の着がえの手伝いもできなかった。遊女の霊については和尚の知ったことではない。

「ひとりじゃ、とても和尚様相手にはもたないわ……ごめんなさい。きっと次は私が和尚様を悦《よろこ》ばせますから」

アケミが湯あがりの客の身体を拭いているのを、遊女の霊が恥ずかしそうに壁から半分だけ顔を出してのぞいている。

「……なんだか早《はよ》うに、生まれ変わりたくもありんすねぇ……」

霊感体質を持つ者に聞こえるとも知らずに、つぶやいた。

「それにしても和尚様はいい身体ね。もうすぐ八十だなんて」

「なんの。老いたとも」

還暦までは自分の寺の仁王像さえ逃げ出すほどの筋骨を誇っていたが、七十を過ぎてからは少しふくよかになった。だがみっちりと筋肉が乗った胸は厚く、百八十センチを超える長身は背すじもきりりと伸びたまま。遊びのためには体力が不可欠。とはいえ、ジムで身体を鍛えるのは好みではない。和尚は女を抱くための身体を、女遊びで保っているのだ。

きゅっと、白絹《しらぎぬ》の褌《ふんどし》を締めた。木綿《もめん》と違って薄いから、静脈を浮かせた大業物《おおわざもの》のかたちがよくわかる。

「また来てくださいね。絶対よ」

ひざまずいたアケミは、褌の前布の上に唇をつけた。

今日は法事の帰りだから法衣《ほうえ》のままだ。

普通のソープ嬢なら着つけすらできないところだが、馴染《なじ》みのアケミは白絹の袍裳《ほうも》の身頃を整え、襟を合わせてくれた。

イキ疲れたユリを呼ぼうとするお気に入りの嬢を手で制し、和尚は個室を出た。

2

フロントにいたのは見たことのない若いボーイだった。

「あら、マネージャーは？」

アケミとも初対面らしいボーイは、言いにくそうだった。

「例の……寝屋峠の件が気になるとかで、お祓いに行きました。私はオーナーから呼ばれて今日だけのヘルプです」

「まあ、そうなの」

四十がらみのマネージャーは名の売れた筋者《すじもの》だったのを、満期服役のあとでこの店のオーナーに拾われたと聞く。それが怖がるのだから、よほど寝屋峠の女の霊というのは恐ろしいものらしい。

だが、和尚にとってはどうでもよい。

強い霊になれば成仏させるのも難しいから、かかわるのは面倒だ。浄霊したところで和尚の実入りが増えるわけではない。

「そうだ。車が店の前に来たか、見てきてくれ」

ボーイから似紫《にせむらさき》の生地に金糸で刺繍《ししゅう》を入れた袈裟《けさ》を受け取る。

「いいえ、今日はどなたのお迎えも来ていません」

女人禁制を守って、アケミは袈裟を整えるときだけは手を出さない。代わりに履物をそろえている。

「おかしいな。酒屋の次男が車を持ってくるはずなんじゃが」

「あら、和尚様のアメ車、どうかしたの？」

「ラジエターを修理に出しとったんじゃ。さすがに四十年も使うと、どこが壊れてもおかしくない。直ったと言うんで引き取りに行かせたが」

「でも今来たトラックは酒屋さんのじゃありませんか」

アケミが店の外を示す。

空のビールケースを積んだ軽トラックが、タイヤを鳴かせて停《と》まった。ドアが開いて、若い男が転がり落ちた。腰も立たない様子で、這いずるように和尚のいるソープランドに向かってくる。

「おい秀次《ひでじ》、ワシの車はどうした。なにを震えておる」

黒然和尚の檀家《だんか》のひとつでもある地元の大きな酒屋の次男坊だ。三流どころか六流の、海なし県の水産高校の普通科を四年で卒業して、ラッパーになるとかで東京に行ったものの、結局半年で実家に戻ってきた。ぶらぶらしているから和尚や町の大人がたまに用事を言いつけては小遣いを渡しているのだ。

「黒然様……いや、とんでもねえっス。マジでキツいっス」

「落ち着け。おい、ワシの車は」

とにかく、とにかくと、秀次は和尚を軽トラックの助手席に押しこんだ。

その瞬間、和尚は悟った。

「む。お前、霊に遭ったな」

これだけたくさんの霊がいる世の中だ。霊とすれちがったり踏んづけたりした程度ではなにも起こらない。だが、霊に遭った人間には本人も自覚できない「におい」が残る。その痕跡《こんせき》が、秀次にも如実に残っていた。

霊の残り香は強かった。深い接触をしたことになる。

「はい……たぶん、アレが寝屋峠の幽霊っス。とてもひとりじゃ無理っス。黒然様が一緒じゃないと戻りたくないっス」

軽トラックは風俗街を走る。

動転してはいても配達なれした酒屋の息子は道に詳しい。ものすごい勢いで市街地を抜け、開通したばかりのバイパスをはずれて旧道に入ると、ようやく呼吸とまばたきをはじめた。

「なっ、なにしろ大変なんっス。オレの彼女が寝屋峠で幽霊にクワーッって乗り移られたみたいになって」

「お前の彼女など知ったことか。ワシの車はどうした。なにがあった」

和尚は心配だった。自分の車が。

黒然和尚はあまり物にこだわる質《たち》ではない。数少ないその例外が車だった。

一九六九年式のリンカーン・コンチネンタル・マークⅢ。煉瓦《れんが》をたたき割ったみたいな直線基調のボディは年を経たナマズのごとく長く、七・六リッターのV8エンジンは冬場の鱈《たら》よろしくガソリンを贅沢《ぜいたく》に飲みほす。

だがよくできたクルーザーのようなゆったりした身のこなしと、当時は高額なオプションだった、下手なベッドよりもよほど広い本革のベンチシートが気に入って、新車から乗りつづけている。

神経質に手入れをするわけでも、マニアックに新車当時のパーツを維持するでもない。分厚いクロムメッキのバンパーはくすんでいるし、エアコンは二十世紀の末に壊れたままだ。

だが、これに代わる車がない。深いグリーンのボディに屋根《トップ》はブラック。赤のダッシュボードに白いシートと、色合いは歌舞伎《かぶき》役者の隈取《くまど》りのようだ。

檀家の外車屋が試乗車あがりのマセラティを持ってきても、同じ宗門の格上の僧がベントレーを薦めても、和尚はこの大雑把で派手なアメリカ製の２ドアクーペが気に入っているのだ。

「いいから話せ。どうせろくでもない話じゃろうがな」

まだ半分うつろな目をしている秀次をひっぱたく。危なく野菜の無人販売所に突っこむところだったのだ。

「黒然様の車は無事に引き取ったんス。彼女と一緒に工場から運んでたんス」

軽トラックは寝屋峠に向かう。

「んで……峠の途中で、つい、ちょっと、その気になって」

急な登りでエンジンが悲鳴をあげる。秀次は運転しながら話しはじめた。

「でもホテル代がなかったんで、寝屋峠の駐車場に入れて」

秀次は自分の車を持たず、実家の酒屋にはトラックが三台きり。乗用車、それも馬鹿《ばか》広いコンチネンタル・マークⅢを引きあげるついでにドライブ気分でガールフレンドを誘い、峠の途中でカーセックスをしようとしたらしい。

「車検の引きあげ帰りにワシの車で遊ぶのか、色ボケめ」

真っ昼間のソープランドに迎えに来させた自分のことは棚にあげた。

「最初は普通にヤッてたんス。でも、彼女の様子がおかしくなって。顔が白く、髪がどんどん伸びて……目も、ぐりんってまわって白目を剥《む》いて」

思い出すのも怖いという表情で、秀次は語る。

「声も完全に変わったんス。お前もあたしを殺すのか、使うだけ使って捨てるのか、なんて言い出して、泡を吹いて。車からおりようとしたら、オレの首を絞めるし。もう彼女を放《ほう》って逃げることしかできなくって」

片側二車線のバイパスができてから、狭い旧道を通る車はめっきり減った。誰もいない寝屋峠のカーブの外側、崖に面して三日月のかたちに未舗装のスペースがある。景色がよいからつい停めたくなるような場所だ。

「あっ、あそこ……まだ彼女もいるみたいっス」

ダークグリーンのアメ車がのっぺりと長い巨体を横たえていた。

金髪の女が助手席に座っている。

軽トラックを横づけしても若い女は動かない。日本人なら四人は並んで座れそうなベンチシートにマネキンのようにじっとしたままだ。上半身は派手なプリントのキャミソールだが、裾《すそ》がまくれて黒いブラジャーがまる見えだ。

車に近づくと、デニムのミニスカートから伸びた脚の膝《ひざ》のあたりに、ブラジャーとそろいのパンティが引っかかっていた。

「だいぶ暴れたのか。服が乱れておる」

「いや、脱がしたのはオレっス」

怖がって腰が引けている秀次を押しのけて、助手席のドアを開ける。金髪の女はまだ十代だろう。白目を剥いて、口から泡を吹いている。

「気をつけてください。さっき暴れたときは、オレの力じゃぜんぜん押さえこめなかったっス」

「いや、気絶しとるな」

そして、彼女からは霊の残り香も感じ取れなかった。

「霊はお前を相手にしたときだけこの娘に乗り移って、今は離れていったようじゃな」

半裸に乱れた女を引っぱり出すと、気味悪がって震える秀次の背中に、落語

「らくだ」の「かんかんのう」の要領でつかまらせた。

「今なら暴れることもあるまい。そのまま戻れ。この娘には気つけに焼酎を飲ませてやれ。売り物だからってケチるんじゃないぞ」

「黒然様はどうするんス？」

軽トラックの助手席に女を詰めながら秀次は振り返った。幽霊への怖さが蘇《よみがえ》ったのだろう。和尚が読経《どきょう》でもするのかと期待しているらしい。

「ワシは自分の車に乗って帰るだけじゃ。早く先に行け」

酒屋の軽トラックがブレーキペダルの位置を忘れた勢いで峠を下っていくのを確認してから、和尚はコンチネンタル・マークⅢに乗りこんだ。

長年の愛用ですり減ったイグニッションキーを挿しこむ。

「やっぱり帰っちゃうの？」

誰もいないはずの車内に、女の声が響いた。

和尚は無視してキーをまわす。

バッテリーは充電されているのに、セルモーターの音すらしない。

「……ここはあたしの場所。エンジン、動かないでしょ」

和尚が右を見る。広々としたベンチシートに、白くて大きな煙が綿菓子のようにわだかまっていた。霧のような冷気と湿気。経験でわかる。幽霊だ。

「お前が寝屋峠の霊か」

見えない振りで通すつもりだったが、エンジンが始動しないのがこの霊のしわざなら、相手をするしかない。和尚は心の中で舌打ちした。

助手席の白い煙が少しずつかたちをなしていく。声から想像していたが、やはり若い女のようだ。

「やっぱりあたしのこと、見えるのね。生きてる人間に取り憑《つ》かないと、ほかの人にはわからなかったのに」

女の姿がだんだんはっきりしてくる。前髪をあげて額を見せた髪形で、ポニーテールを束ねていてるのは今どき流行《はや》らないピンクの水玉リボン。

「おじいさん、変なカッコね。お坊さんみたい」

「そのとおり。僧侶《そうりよ》じゃよ。格好をいうなら、お前こそ」

水色のタンクトップ。細い手首には翡翠《ひすい》もどきの安物バングル。ナイロンで生地の透けたミニスカートも黒と白の大きな水玉と来た。ここ数年の霊ではない。

「三十年もこの道にいるけど、話しかけてくれたのはお坊さんがはじめて」

「えらく昔じゃな。なぜ今ごろになって現れた」

気が強そうな顔がくっきりと浮かびあがった。

眉が太くて目が大きい。生意気そうにきゅっとつぐんだ唇。二十歳になる前に死んだのだろう。

「ずっとうろうろしてたの。昼も夜もずーっとここにいたの。でも、去年まではこっちの道がメインだったでしょ？　いつも混んでて誰にも気づかれないの。やっと車の量が減って、たまに観光客やカップルが車を停めるようになって」

黒然和尚はつい数カ月前にバイパスが開通したことを思い出した。

「それでみんなに聞いてみたの。エッチって気持ちいいのかなって」

「なんじゃ、それは」

「……あのね」

幽霊は話しはじめた。正確には会話というより和尚の頭の中に残留思念が流れこんでくる感覚だ。

現実の世界にスモークがかかったように視界がぼやけ、代わりにゆっくりと映像が見えてくる。

3

三十年前の寝屋峠。まさに今、和尚のコンチネンタル・マークⅢが停まっている場所の昔の景色だ。

白い軽自動車が三日月エリアに入ってきた。まだ木が細く、舗装も新しい。そこには三十年前だとしても、明らかに怪しげな車が停まっていた。

四方をぶつけてへこんだスカイライン・バン。ケンメリ顔の四気筒エンジンの商用車。フロントウインドーまでサングラスなみのスモーク。前にワタナベ、後ろにスターシャークとアルミホイールも違う。あげくに5ナンバーと来た。商用なら4ナンバーのはずだ。盗難車か偽造ナンバーか。

「どうしたの？　こんなとこに呼び出すなんて」

後ろから来た、当時流行していた白いダイハツ・ミラからおりたのは、幽霊と同じ格好の女だ。もちろん血色がよく、にこにこ笑っている。

「いやぁ、ここの景色がいいからさ、明菜《あきな》とデートしたくって」

和尚は幽霊の名前を知った。ぎいっとドアをきしませてスカイライン・バンからおりてきたのは目つきの悪い、青白い男だった。片方だけのピアスに安全ピンだらけのタンクトップ。できそこないのパンクロッカーといったところか。

「あたしはこの人と知り合って、告白されたばっかりだったの。はじめての恋人ができて、うれしかったのに」

昔のドライブインシアターで並んで映画を見ているように、助手席に座った幽霊は、自分が生きていた当時の姿を眺めている。

「ちょっと！　誰なのっ」

フロントウインドーに浮かんだ情景の中で、昔の彼女の叫びが響いた。目の前の景色が激しくぶれ、とぎれる。霊にとって衝撃的な場面だと、記憶が曖昧《あいまい》になるのだ。

「明菜っていい女だからさ、先輩たちにも紹介したくって」

場面は車の中に変わっていた。幽霊の恋人だったはずの男はリアシートから腕を伸ばし、助手席の彼女を後ろから押さえつけている。

「暴れんなよ。殴っちまうぞ」

そして、彼女に覆いかぶさっているのはふたりの男。ひとりはもう裸だ。まるで熊のように毛深くて太っている。

「脚を閉じるんじゃねえよ。どうせヤリマンのくせに」

「痛いっ、やだっ。ヒロくん、どうしてっ」

裏切った恋人を呼ぶ彼女をひっぱたいたもうひとりは、Tシャツからのぞく腕に南国風の刺青《タトゥー》が入っている、金色の長髪で、残酷な目をしていた。女を傷つけることを厭《いと》わないタイプだ。

「悪いな。先輩から金を借りてるから」

前後から人の男に拘束され、明菜はスカートの中からパンティを奪われる。

「いやっ、放して」

白くて新しい、かわいらしいリボンつきの下着だ。きっとその日、恋人とのはじめての行為を迎えるための準備だったのだろう。だがそんな彼女を金髪の男は容赦なく殴った。

「お願いっ、あたし……したことないのにっ」

「ほんとに処女か。そりゃ光栄だな。ヒロの借金分なんか楽勝でチャラだ」

金髪は彼女のタンクトップの襟ぐりをつかんで引き裂いた。

「いやあっ」

カップの小さなブラジャーも引っぱり抜く。金具が擦《こす》れて彼女の白い肌に赤い傷が刻まれる。

「ガキみたいな身体だな。つまんねえ」

毛むくじゃらの男は彼女の脚の間に裸の尻を滑りこませる。

「へへへ。濡れてやがる。ヒロとヤルつもりで興奮してたんだろ」

恥ずかしい秘密を暴かれて、涙を流しながらいやいやをする明菜。その頰をつかむと、金髪はジーンズのファスナーを開けて、自分のを取り出した。細長く色が浅い。半ば皮をかぶった先端から、たらたらと透明な先走りを垂らしている。その汁を明菜の唇に塗りつけるように押しつけた。

「しゃぶれ。ロストバージンが３Ｐなんて思い出になるな」

「むくぅうつ、くさいっ、にがい……いや、はむうっ」

鼻をつままれて息苦しくなり、口を開いたところに金髪の生ぐさい陰茎を押しこめられる。抵抗しようと、明菜がそれを噛《か》みちぎろうとしたのがわかった。だが、その前に股間の熊男が動いた。

ずんっ。

処女の痛みなど気にすることなく、グロテスクな男根を突き入れた。

「あぎいいいっ、いだい……痛いぃ」

「痛いのは最初だけだぜ。奥までぶちこめばヒイヒイいうだろう」

無茶な理屈だった。この熊男は強引な行為にも感じる演技が得意な女としか経験を積んでこなかったのだろう。

「てめぇっ、もっと口をちゃんと開けろよっ」

「明菜、頼むよ。先輩にちゃんとやってあげてよ」

金髪の性器を処女の唇に含ませて首をつかみ、前後に揺らすのはヒロだ。

上と下、女の二穴を同時に蹂躪《じゅうりん》されているだけでもショックなのに、この地獄を作ったのは、彼女が恋人だと信じていた男なのだ。

「おっ、キュウキュウ締めてくる。ヒロっ、もっと首を絞めろ」

「くおうぅっ、ひいっ」

男の器官で塞がれている喉を、大好きな男の手で絞められる。

「ひはぅ、いぎいっ」

「へへ、すごく吸いついてくるぜ。処女なんて嘘《うそ》だな」

目の前の再現映像が揺れて、鮮明だったカラーの彩度が落ちていく。首を絞められて明菜の意識が薄れているのだ。

「ひひひ、こいつ、やっぱ処女だわ。血がすげぇ出てる」

「うーうっ、出すぞ。飲むんだぞ」

「ごめんなぁ、明菜。悪いなぁ……あっ、先輩、オレも次、いいっすか」

三人の男は自分たちの欲望を満たすことしか気にならず、暴れる女の肘《ひじ》がサイドブレーキのレバーを押し下げたのに気づかない。

「ひーはっ、中に出してやる。ひっひひ。血でぬめってちょうどいいや」

「おーおっ、こぼしてんじゃねえよっ」

「明菜、ごめん。オレも我慢できない。空いてるからケツの穴でいいかなぁ」

サイドブレーキのはずれたバンが動き出したが、野獣と化した男たちにはわからなかった。

下り坂で速度を増し、どんっと低い車止めをタイヤが乗り越えた。

フロントガラスには空しか映らない……と思ったら、地上が見えた。崖の途中の大岩が迫る。

ボンネットがめくれ、飛び出したバッテリーが希硫酸の液をまき散らしながら宙を舞い、金髪の頭蓋を粉砕した。明菜を正常位で犯していた熊男は、崖下に着地する寸前にフロントガラスを貫いた木の幹で背骨を割られた。

後部座席にいたヒロは、即死をまぬがれた。

「ひ……ひっ」

再現フィルムの中で明菜は最後の呼吸をしている。彼女の下半身はダッシュボードごと変形したボディに挟まれている。

「……ヒロ、ヒロぉ」

明菜が恋人の名前をうわごとのように呼ぶ。だが、その姿はまるで化け物だ。片方の眼球を垂らして、砕けた歯を飛び散らせてすがる明菜から逃げるように、ヒロはリアのドアを開けた。

崖から落ちる車が壊したガードレールが、車の後ろから転がり落ちてきたのはそのタイミングだった。

折れたガードレールの縁はヒロの首筋に当たり、ずぱんと首を切り落とした。

4

「……思い出しちゃった」

目の前の再現映像が止まった。寝屋峠の霊である明菜の人生はここで終わったということだ。

「あんまりいい思い出じゃなかったね。ごめん、お坊さんにはキツかったね」

和尚のコンチネンタル・マークⅢの助手席で、幽霊は膝を抱えて顔を埋《うず》める。

今ではすっかり生前のかたちを取り戻している。とはいえ、まだモノクロ写真のように色はまったくついていない。

「だが、あの映像が事実なら、お前を襲った三人はもうこの世にはいない。なぜ迷い出ているのじゃ」

和尚はひっく、ひっくとすすり泣く明菜の肩に手を置いた。

「だって、ほんとは彼氏とのエッチって気持ちいいものなんでしょう」

顔をあげた幽霊は襲われる前の姿のままだ。

車を運転できる年齢とはいえ、まだ十代の少女だ。

「ぜんぜん感じなかった。痛いばっかりで」

「まぁ、あの場面を見たら想像がつく」

「だから、峠に来るカップルの人に、どうやったら気持ちよくなるの、って質問してみたのに」

酒屋の秀次が聞いた、お前もあたしを殺すのか、使うだけ使って捨てるのか、という声は、まぎれもなくこの幽霊の言葉だろう。

「あたしは誰も恨んでない。ただ、みんなが一生懸命エッチをしているのが不思議で。そんなに気持ちいいことなのかな、って」

助手席でもじもじしている姿はまだ幼い。

とはいえ、霊感体質の和尚だから姿が見え、声が聞こえているだけだ。

もしこの場を誰かが目撃しても、白いもやが壊れた金管楽器のような音を立ているようにしか感じないだろう。

幽霊は霊感のない人間に意志を伝えようとするほど、恐ろしい気配を感じさせてしまうのだ。

「それが心残りか。だがカーセックス中の相手に問うたところで、怖がらせるだけじゃろう」

明菜もわかっていますとうなずく。けれど三十年間、誰も彼女の質問に答えてくれる者はいなかったのだ。

「あたしがちゃんと話せたのは今日がはじめて。でも……お坊さんに聞いてもわからないよね。だって、エッチしちゃいけないんでしょう？」

僧侶は宗派にかかわらず禁欲するものと勘違いされることは珍しくない。明菜《あきら》は諦めたようにふっと微笑《ほほえ》んでうつむく。

「お前、般若湯《はんにゃとう》という言葉を知っておるか」

「ううん。なに、それ」

まだ下手なメイクに昔流行った太い眉が、ひくんとあがった。

「表向きは酒を禁ずる仏の道も、酒と呼ばずに般若湯と呼んで飲むことがある。

同じように、男女の遊びの交わりを禁じられていても行う僧はおる」

幽霊がモノクロからカラーになりはじめた。黒然和尚の言葉にとまどって、意志の疎通を図ろうとしているのだ。現世にかかわろうとするほど幽霊は姿が濃くなり、気体から霧状の液体、そして固体へと変わっていく。

和尚は並んで座った明菜のミニスカートに手を当てた。

「えっ」

「逃げてはいかん」

とまどうが、抵抗はしない。痩《や》せた腿《もも》は冷たい。まるで氷のようだ。

特定の人間を恨んでいれば、霊の温度は高くなる。だまし討ちに遭った武将などは、鉄をも溶かしそうなほど熱い。

明菜の霊体は冷たい。恨みではなく未練。覚悟なく死んだ者の特徴だ。

和尚は手をスカートの奥に進める。冷たい腿の先に布の感触があった。

「ちょっと、お坊さん、なにすんの……」

和尚の指が小さな隙間《すきま》に入る。その肌も冷たかったが、腿よりはしっとりとして、少し温かかった。

「三十年もここにいて、知らなかったことを教えてやろうというのじゃ」

「……えっと、わかんない」

脚を閉じようとするのを構わずに、明菜の下着を引き下ろす。

「あ……やだ」

祖父と孫ほどの年の差。しかも、僧侶だ。明菜がとまどうのも無理はない。

「お前が知りたかったことを教えてやろうというのじゃ。エッチって気持ちいのかな、の答えを」

和尚の太く節くれ立った指は、繊細な動きで明菜の冷たい肌を滑る。もう片方の手も加勢して、本来なら思い出になる初エッチに備えて選んできた、白い新品の下着を脱がせてしまう。

「ほんとに……？　あたし、どうしていいかわかんないよ」

「亡者が迷ったならば、坊主に任せるのじゃ」

リボンつきのショーツがピンクのパンプスを履いた片足を抜けるとき、幽霊の真っ白な脚は震えていた。男たちに襲われる前の姿で霊になっている。記憶の中では処女を失っていても、明菜の霊体は男を知らないままなのだ。

和尚はゆっくりとスカートをまくっていく。

「いやん……なんか、恥ずかしい」

「好きでもない男に触られるのはいやか。じゃが、また何十年もここにいつくことになるぞ。どうする」

和尚は明菜の脚の間に手のひらを当てた。最初は冷たいゼリーのように頼りなかった肌が少しずつ実体化して、処女の茂みまで蘇った。

「えっと……だって」

「答えんでもよい。霊は自分の身体を意識すると、かたちができるもの。つまり、お前もここを触られる覚悟があるということじゃ」

そう言いながら、和尚は明菜の両脚と下腹部の隙間に人さし指をめりこませていく。

「ちょ、いきなりだなんて、お坊さんのエッチぃ」

覆いかぶさってくる喜寿の老僧を見あげて、不安そうに唇を噛む。

「エッチなのはワシだけではないようじゃぞ」

引き抜いた指を見せつけた。

太い指は明菜の露をまつわりつかせて、てらてらと光っている。

「あっ、やだ……見せないで。自分じゃどうしようもないのに。だめぇ……あたしもヘンになるのぉ……あんっ」

濡れた指を唇になすりつけられたのだ。明菜は「ひっ」と声をあげて顔をそむけるが、和尚の指は強引に明菜の歯を開かせ、娘の露を舌に乗せた。

「ほれ、どんな味がする。言ってみよ」

「ううっ……ねっとりしてて、ちょっとしょっぱい。汚いよぉ」

涙を浮かべる幽霊。だが、和尚は構わずに太い指で唾液をかきまわし、舌の裏のざらつきや、頬の内側のこりこりした感触を楽しむ。

「ほれ、お代わりじゃ。どんどんこぼれてくるぞ」

もう片方の手を脚の間にめりこませる。

「ひゃううっ、やだ、あたし、エッチになっちゃう……」

茂みは濃い。処女は男に見られたり、触れられたりする実感がなく、自然のまま生やしていたのだろう。和尚は処女の恥草を指にからめて引っぱる。

「やっ、やあん、痛いよ」

腰を浮かせて脚を開いたところに、正面から手のひらを当てる。

「ああんっ、お坊さんの手があったかい……」

手のひらで女の秘部をまるごと包み、くすぐりながら濡れてくるのを楽しむ。

「自慰も知っておったんじゃろ。好色な穴じゃのう」

「そんなこと言わないで。ああん、でも……なんかドキドキする」

開いた脚は、もう閉じない。他人の指にまさぐられる悦びを知ったのだ。刺激を続けると、処女の裂け目から極小の突起が頭を出した。

「やっ、そこ、とんがってて恥ずかしいよぉ」

真珠のような種子を転がすと、明菜は和尚の衣を強くつかんだ。

その下にある女の器官からこぼれる蜜がとろみを増す。

「どうじゃ。これがお前の言う、エッチの気持ちよさの入口じゃよ」

輪郭がくっきりして、真っ白だった肌に色がさした。人間のような体温はないが、氷のようだった冷たさは和らいだ。

和尚は明菜のスカートのホックをはずし、引き下ろした。

「ああーん。上だけ着てるの、恥ずかしいよぉ」

水色のタンクトップ一枚の姿だ。

「そうじゃ。お前はわかってきたな。下だけ脱いだのが恥ではなく、上だけ着ているのが恥ずかしい。男女の営みを待っているのじゃな」

悟ったように言っているが、実体はただのカーセックス。それどころか霊感のない第三者から見れば、車の中でベンチシートに手をつき、ひとりでしゃべっている喜寿の老僧というとんでもない状態である。

タンクトップを持ちあげると、明菜は恥ずかしそうに顔をそむけながらも、腕の力をゆるめて協力してくれる。

しっとりと冷たい身体が和尚の手に吸いつく。冷えたゼリーにうっすらと果汁をかけたような感触だ。

ブラジャーも取り去る。胸が小さいのを気にして、前で腕を組んでいる。

和尚は閉じた腋《わき》の隙間や肘の内側、そして手の甲の盛りあがりにまで指と舌を這わせていく。生娘にきつい刺激は厳禁だ。腕や手への愛撫《あいぶ》を数分も続けると、かたくなに乳房を隠していた腕がゆるんだ。

和尚は明菜の細い手首をつかみ、くっと上に向けさせた。ここでは力強く。

自分の意志ではなく男に裸の胸をさらされたという言い訳を残してやるのだ。

「ああん。なんか……あたし幽霊なのに、すごく熱くなってる」

和尚の視線を感じて、曖昧だった胸のラインや小粒な乳首がくっきりとしてくる。乳輪がやや大きめで盛りあがりぎみなのも若い娘らしい。

きゅっと吸って、舌で転がす。冷たいグミの粒のような舌触りだ。

「あん、自分で触るのとぜんぜん違う……じんじんする」

胸を突き出すようにのけぞる。もう片方の乳首を軽くつまむと、もどかしそうに腰をねじった。処女であっても、身体は本能的に男を求めているのだ。

「霊になってまで恥ずかしがることはない。ほれ、乱れてみせよ」

舌先で乳首の縁を掘り返す。明菜は「あんっ」とかわいらしい声を漏らす。

「あたし、エッチでもいいの？　いいんだよね。ああんっ、おっぱいっ」

「好色なのはよいことじゃぞ。生きていても、そうでなくともな」

「じゃあ、お坊さんだけ服を着ているのがいやだって思うのも、間違ってないかな？」

すがるように潤んだ瞳と、照れ隠しに口をすぼませる表情が初々しい。

「ああ、間違っとらんとも」

袈裟までつけた本式の法衣。だが、和尚はこれを片手で簡単に脱いでしまう。どんな服でも常に三十秒かからず裸になれなければ遊び人とは言えない。和尚は複雑な法衣も流れるように脱ぎ落とす。訓練したわけではない。素人玄人問わず、数えきれない女をこなしているうちに身についた技だ。

その間、明菜はそっぽを向いてまばたきを繰り返す。恥ずかしさをこらえて口をへの字に曲げている。

幽霊の前で、和尚は中腰になった。

車幅の広いコンチネンタル・マークⅢだがルーフは低く、天を支える偉丈夫の像のごとく背中をビニールの内装に当てて、シートに横たわった若い娘を睥《へい》睨《げい》する。

「ほれ、こっちを見んか」

明菜がためらいがちにこちらを向く。その目が大きく開いた。

「……すごい。そんなになっちゃうの」

覆いかぶさるように、和尚は男の肉体を見せつけた。

5

喜寿とは思えぬ鍛えた身体。駅弁スタイルを連続五発こなしても根をあげない背筋と大胸筋が、ぐっと盛りあがる。

だが、明菜の視線は一点に集中している。

引きしまった下腹部から天を衝《つ》くのは、一尺近い肉弁慶。明菜の手首よりもまだ太い、鍛鉄のごとき幹に這う静脈。赤く張りつめた尖《とが》り鈴はまるで大蛇の頭だ。まっすぐに獲物の顔を向いて、ぶるぶると震えている。

「怖い。あんなの、絶対はいんないよぉ……」

幽霊が和尚の一物を見つめている。

男たちに襲われたときのショックが大きくて、記憶が曖昧な明菜にとっては、これがはじめて目にする勃起状態の男性器なのだろう。

「安心するがよい。ワシにはこんなこともできるでの」

和尚はぐっと下腹に力を入れた。すると腹を突くほどの角度はそのままに、肉茎はきゅっと絞られるように細くなり、洋梨ほどもあった先端はみるみる縮んで苺《いちご》ほどになった。しかし、萎《な》えているわけではない。

これぞ肉弁慶の真骨頂。膨張率を自在にコントロールできるのだ。大きさだけでなく、表面の硬さも操れる。

「安心してワシに任せるがよい。お前の知りたかったことを教えてやろう」

馬鹿長いベンチシートに明菜を横たえると、左脚を持ちあげて、シートの背に置いた。生娘の中心がまる見えになる。

茂みの面積は小さいが、処女らしく手入れをしていない艶《つや》やかな毛は長い。その下に桃色の割れ目がある。生きていた頃より肌が白いせいで、薄い肉唇の桜色が目立つ。扉に挟まれた真珠は生身のときと同じように充血して、存在を主張している。その下では小さく複雑な蕾《つぼみ》が濡れている。

まずは挿入前のひと遊び。和尚は痩せ身に抑えた肉弁慶の先端、へこんだ尿道口を桃色真珠に当てる。

「ふはぁっ、なんか、包まれてるぅ」

和尚の如意棒は大きさこそ自在だが、太い尿道は変わらない。尿道口で女の敏感粒をくわえるという荒技だ。そのままひくひくと動かしてやる。

「あっ……変なの。熱くてぷるぷるされて……くすぐったいのに気持ちいい」

処女とはいえ、自慰の経験はあるはず。自分の指とは違う快楽を与えてやればば、かたくなな蜜穴もほぐれてくる。

和尚を拒むように胴を挟んでいた脚の力がゆるみ、逆に引きよせるように足首が背中にまわった。挿入を求める本能の動きだ。

「それ。お前さんのお初じゃ」

和尚は注意深く腰を進めた。

「ひゃっ、熱い」

先端をそっとめりこませる。冷えたバターに温めたナイフを入れるような抵抗感が肉傘の縁をくすぐる。

「あ……なんか、当たる」

明菜が眉をひそめた。生娘の証《あかし》、粘膜の門に当たったのだ。

「だめ、やっぱり痛い。死ぬ前のこと、思い出しちゃう」

唇を噛み、涙を浮かべる。実体化していた身体の輪郭がぼんやりしていく。

身体は襲われる前に戻っていても、犯された痛みや恐怖は記憶として残っている。このまま続ければ、哀れな娘は快楽を知らぬまま、破瓜《はか》の疼痛《とうつう》だけを再度感じることになる。

「むんっ」

和尚は思いきり腹筋に力をこめた。海綿体に流れこんでいた血液を精神力で体内に戻し、肉茎を細く絞るのだ。大木だった肉弁慶が若木へ、そして若木がしなやかな苗になっていく。普通の男にはできない技だ。

「ふむっ……くぬぅ」

和尚にとっても楽な技ではない。幽霊に遭う前にソープランドで二輪車をこなして欲を放っていなければ、勃起を弱めることは不可能だったろう。

じわじわと腰を埋めていく。処女の洞穴を無理に広げないようにしながら、いちばん狭くなっている肉の門をノックした。

「はうっ、つるって……入ってくるぅ」

限界まで縮めた肉冠は、明菜を傷つけることなく入場した。幽霊は処女膜を保ったまま、男の器官を受け入れたのだ。

「あっ、中でふくらんでく。太くなって、熱いっ」

明菜がのけぞった。和尚は肉茎の歩を進めると、処女の門を傷つけないようにゆっくりと勃起を解放していく。

ピストン運動ではなく、蜜道の中でじんわりとふくらませることで、処女の膣性感を開発しようというのだ。

身体の中で育つ肉傘の縁が膀胱《ぼうこう》の裏側にある、ざらついた敏感スポットを圧迫する。

「はひっ、変なの。あたしの身体、こんなに感じないはずなのにぃ」

普通の女なら破瓜の痛みが先に立って、体内の快感を知るのはずっとあとになる。ところが和尚の如意棒にかかれば、処女膜をそのままに、膣内の快感だけを与えられるのだ。

処女だから自慰で指は入れなかっただろう。明菜にとってはじめての膣内快楽は強烈らしい。唇の端から、つうっと涎《よだれ》が垂れた。

「どうじゃ、これがお前の知りたかった、男女の交合の味じゃよ」

「あん、クセになっちゃう。みんな、こんなにドキドキしてたなんてずるい」

肉茎を深く受け入れようと、明菜は実体化が進んで生身に近い感触になった脚を和尚の背中に巻きつけて引きよせる。

「ふあっ、まだ大きくなってるぅ」

肉弁慶はふだんの三分の一ほどの細さだ。しかし明菜の狭い蜜道をみっちりと支配し、肉傘の先端がこりこりと若い子宮口をつつくには十分だった。

「おなかの奥を、かきまわされてる。お坊さんのがいっぱいで、幸せぇっ」

性急なピストン運動ではなく、ゆっくりと、太く、細く、硬く、柔らかく、硬軟自在の肉弁慶で襞を圧迫してはゆるめる。その繰り返しだ。

「ああん、なんか来てるっ。なんかあたしの中で、エッチなのが来てるぅ」

明菜は和尚の首に腕をまわし、剃りあげた頭をひっかいた。

「そうじゃ。好きなように動いてみなさい。自分が欲しい快感を求めるのが摂理じゃ……っ」

和尚もまた、若い女の圧力を肉傘に感じて、むぅと唸った。

明菜の腰は無意識のうちに震え出す。前後ではなく、まわるように、小刻みな動きで、自分の快感エリアを探しているのだ。

「それ、こちらもいじってやろう」

和尚の指は結合部の少し上で震えていた若真珠を捕らえた。

「はんあっ、だめっ、二カ所はだめええっ、おかしくなる」

目の焦点が合わなくなり、発情した動物のように舌を出して腰を揺する。幽霊とは思えない生々しい身体からは、香ばしい娘の匂いが漂う。

「ああーっ、爆発してるぅ……っ」

きゅん、きゅんと和尚の肉茎を締めつけながら、明菜の身体が燃えた。今や和尚よりも熱い。絶頂に達したのだ。

「ぬう……堪能《たんのう》するがよい。これが忘我の境地というもの……次は男のものを受け止めよ……くうっ」

ほんの一瞬遅れて、肉弁慶も欲情の甘露を、どっぷ、どっぷと吐き出す。

「熱いっ、なんか出てる。これすごい。気持ちいいよぉ……っ」

和尚の精を一滴残さず搾り出そうと、明菜の子宮口が先端を包む。

射精は長く続いた。

「ひは……っ、エッチってこんなにすごいんだね……」

息を切らして和尚を見つめる処女霊の腰は、まだ動きつづけている。

「もっとしたい。もっと、たくさんしたい」

明菜の体温が急激に下がる。同時に上気した桃色の肌が色を失い、白くなっていく。

「あっちだね……見える？　お坊さんの向こうが光ってる」

正常位で幽霊を貫いた如意棒が脱力していくのを感じながら、和尚は振り返った。運転席の窓から見えるのは峠の森だけだ。

「ワシにはわからない。だがお前は、その光のほうに向かうがよかろう」

明菜の輪郭がふやけるように溶け、感触がなくなっていく。

「お坊さんに会えてよかった」

うれしそうな唇は、最後までかたちを失わず、そしてふっと消えた。

和尚はコンチネンタル・マークⅢのベンチシートに深々と座った。

何度か明菜の言った「光」を探して見まわしたが、なにもない。霊感体質とはいえ、霊が見ている景色を眺めることはできないのだ。

身支度を整えて、イグニッションキーをまわす。

ぐわりと、Ｖ８が息を吹き返した。

峠をナマズのような巨体のアメリカ製クーペが下っていく。ミラーを見たが、なにも追いかけてはこない。

成仏したのだ。

ふん、と和尚は笑った。

別に浄霊できたからうれしいわけではない。

幽霊相手とはいえ、なかなかのよい射精であった。それだけだ。

だがいつか、あの霊が生まれ変わり、縁《えにし》があって自分の前に現れたら、また交わってやろうと思った。どこまでも鬼畜な和尚である。

第二章　天然記念獣少女

1

黒然和尚の寺の前に、早朝から人々が集まっていた。

墓地の脇の広い駐車場に、軽トラックや四輪駆動車が並ぶ。トラックの荷台に置かれた鉄製のケージには、すべて猟犬が入っていた。伏せてじっとしているもの、狭い檻《おり》の中をくるくると自分の尻尾をくわえようとまわるもの。

車の脇には十人近い男たちが立っている。こちらも会話をしたり、犬をかまったりとさまざまだが、全員がライフルや散弾銃を肩にかけていた。

ほとんどが黄色い帽子をかぶり、誤射防止のための赤いベストを着ている。

地元の猟友会のメンバーだ。

「ひとりでも多いほうがいいですから。なんとか和尚様にも、ご協力いただいて」

山門から若い警察官に連れられて出てきた和尚もまた、散弾銃の入ったハードケースを持っている。

「いいのか。ワシは狩猟者登録がないぞ。クレー専門なんじゃから」

「基本的に撃たないでください。でも本部には確認して、緊急事態ということで臨時の許可をもらえそうです。丸腰で山に入るのは危ないですから」

法衣は着ていない。剃りあげ、磨きあげた頭が朝日を反射する。

猟友会のメンバーとは違い、和尚は下がストレートのレザーパンツ、上は黒いジャケット。黄色いレンズのクレー射撃用サングラスというスタイル。

駐車場に続く階段を巨体がのしのしとおりてくる姿を見つけて、数人が寄ってきた。

「ワシは一度も生き物を撃ったことなぞないぞ。曲がりなりにも坊主じゃ」

困った顔で和尚が言っても、誰も聞こうとはしない。

「手が足りない。黒然さんにも手伝ってもらわんと。熊だとしたら大変だ」

八十すぎの、目つきがやたらと鋭い猟友会の会長が和尚のハードケースを受け取って、泥だらけの四輪駆動のワゴンに積んだ。

「熊が狐でも、自信がない。仲間を撃っちまうかもわからん」

和尚は猟が嫌いなのだ。

殺生の禁があるからではない。

狩猟は男ばかり。それも犬を連れ、泥まみれになって獲物を追いかけなければならない。うまく獲物をしとめたところで、せいぜい猪《いのしし》や鹿《しか》を地元の料理屋に手みやげにできる程度だ。

和尚がたしなむクレーは、オリンピックみたいに本気のスポーツというイメージがあるが、趣味と割りきって楽しむかぎりはテニスやクルージングに近い。女連れでも目立たないどころか、連れの女性にもウケがいい。散弾銃の発射音や火薬の匂いが花火のように女を興奮させるらしい。

子宮にごーんって鐘が響く感じと表現したホステスもいた。

そんな下心満点の趣味などどうでもよい、と言いたげに、猟友会の会長は和尚をワゴンの助手席に押しこむと、トラック部隊を率いて山に向かう。

「ずいぶんものものしいの。狐か、野犬ということはないのか」

「ないな。壁を飛び越えて、二メートル近い鶏舎の窓を破って中に入っとる。

しかも鶏だけでなく、卵も割らずに奪っていった。四つ足のもんにはできん」

「熊だって無理じゃろう。買い物袋でも持ってきたというのか」

山に囲まれた町だから狐や鹿は珍しくない。畑を猪が荒らすし、数年に一度は熊が目撃される。だが、熊が里におりてきた記録はない。

「うちの猟犬もやられた。殺されてはいないが、あちこち嚙まれて、すっかり怯《おび》えてる。歯形からすると、口はさほど大きくないのに高い位置の窓ガラスを割った。とんでもなくでかい野犬で、二足で歩ける……そんな生き物はいない。若くて人間を怖がらない熊だろうな。次は人を襲ってもおかしくない」

未舗装の林道を登っていく。

「雨が降ったあとなら足跡でなんだかわかるんだが。あいにく乾きっぱなしだ。でも木の枝の折れ具合からすれば、このあたりが縄張りのはずだ」

会長は巧みなハンドルさばきで狭い林道を抜け、けもの道しか残っていない広場で車をおりた。会長はリアシートからブローニングのライフルを取り出す。何十年も使ったのだろう、木製銃床のニスは剝《は》がれている。

和尚もサドルレザー張りのケースから愛用の散弾銃を出した。

イタリアの名門、ベネリ社の特注品で、機関部には四季の花の彫金を施し、銃床はギリシャ産オリーブ材を磨きあげたもの。

「華奢《きやしや》な銃だな」

馬鹿にしたように会長がいう。クレー射撃、それも本気の競技ではなく、遊びとしての射撃用にオーダーした銃だから反論できない。なにしろ貝殻細工の飾りで和尚のイニシャルまで刻んであるのだ。

「ここからは歩きだ。正念場だぞ」

会長のワゴンについてきたトラックから猟犬がおろされ、ハンターたちが音を立てないように注意しながら山に入っていく。

「黒然さん、こっちだ」

だが和尚は、麓《ふもと》に近い沢を見つめていた。

「ワシは向こうを探してみよう。猟犬も連れておらんし、経験がない」

会長を振りきり、散弾銃を背負った和尚は杣道《そまみち》に入る。

猟友会のメンバーと別れたのは、その方角から和尚だけが感じる気配、つまりこの世ならざるなにかの痕跡を嗅《か》ぎ取ったのだ。

そして妖《あや》しい気配からは、かすかに血の臭《にお》いがした。鶏舎に押し入り、猟犬に噛みついたのはそやつだ。

動物ではない。霊感体質の和尚だからわかる。

だが人間の幽霊なら卵を食べたり、猟犬を襲ったりするのはおかしい。

心配なのは動物霊や妖怪《ようかい》。

特に動物霊は厄介だ。

人間の霊と違って、ほかの動物や人を恨んでさまようのではなく、たいていはその土地のボスだった野犬や狐、熊が、縄張りや群れを守りたい一心でこの世にとどまっていることがほとんどだからだ。本能のままに自分のテリトリーに入ってくる生き物を傷めつけ、殺そうとしか考えていない。

「面倒な流れになったのう」

ため息も出ようというものだ。

杣道はいよいよ狭く、森は鬱蒼《うっそう》として気温は低くなる。

「おっ」

かさり、と音がした方向を見ると、そこにそやつがいた。

臭いでわかる。やはり、霊ではなかった。

生きている妖怪だ。

一見すると人間、それも裸の少女のようだが、気配が妙だ。

「なんじゃ、犬のような」

思わず和尚はつぶやいた。

白い肌の裸体が森の中に浮かぶ。

違和感の理由がわかった。

少女の肘から先、そして膝から下はくすんだ灰色の毛に覆われているのだ。

髪が背中までかかるほど長いように見えたが違う。

静かに歩く姿を見れば、頭からきゅっと痩せたお尻にまで短い毛が密に生えているのだった。

その妖怪は二本足で、かさっ、かさっと小さな音を立てて警戒しながら移動している。

裸足なのに、灰色の毛皮の靴下を履いているように見えた。足の裏には、ころんと柔らかそうな肉球がある。

あたりをきょろきょろと見まわしている。

引きしまった身体のスポーツ少女という印象だが、くんと前を向く黒い鼻や、文字どおり犬の牙《きば》のようにのぞく犬歯は明らかに妖怪のものだ。そしてなによりも、灰色の髪の頭には、三角形の耳がぴんと立っている。

周囲に目を配りながら、その大きな耳がひくんと動く。

「なにをしとるんじゃ」

黒然和尚は散弾銃を握る手をゆるめた。野生動物ではなく、妖怪とわかった以上、銃でどうこうするわけにはいかない。

犬のような妖怪少女は杣道の大木の脇に立った。

静かに、まるで新体操の選手のように片脚をあげた。背中から続いていたたてがみのような毛。その端が、ふわりと浮いた。

「やや。尻尾《しっぽ》だったのか」

狐と犬を混ぜたような、灰色の長い尻尾だ。一本一本の毛が硬そうだ。

妖怪少女は片足を大木についた。木の幹を蹴《け》った瞬間のストップモーションのようだ。腿から膝までは毛が生えていないので人間と同じに見える。盛りあがった筋肉を薄い皮膚がしっとりと包んでいる。きゅっと引きしまった腹筋が割れているのも、きりりとした顔だちに似合っている。

そのまま尻尾が持ちあがった。

隠れている和尚からは、股間がまる見えだ。

ふさふさの尻尾の下は毛が生えていない。人間の少女と陰裂は同じだ。おちょぼ口の肛門は白い肌よりもわずかに赤紫で、きゅぷりと尻の谷間に吸いこまれるように深い。奥には薄桃色の裂け目がある。肉唇のつくりは小さく、陰毛も生えていない。先端にはぷっくりとかわいらしい陰核が顔を出している。

子供のような性器なのに、雛尖《ひなさき》だけは大人のように大きく目立っていた。

森を通る風がやんで、まったくの無音になった。

十メートルほど離れた黒然和尚から妖怪少女が、ふぅとため息をついたのも聞こえた。

そして、閉じていた肉唇がゆっくりと開花した。

しゃぱしゃぱしゃぱ……と清流のような音が響く。

脚の間からまっすぐに細い液体が落ち、木の根を汚して湯気を立てる。

指で性器の縁を押さえないものだから、陰核や肉唇を小水が濡らす。飛沫《しぶき》は腿や膝下の毛皮部分までかかっている。

「はぁん……」

悩ましげな声は人間そのものだが、尻尾がぱたぱたと動く。無心の放尿で安らぎを得ているのだ。

生物は排泄《はいせつ》のときに無防備になる。

ちょろちょろと排尿音が響く中で、黒然和尚はそっと間合いを詰める。鉄と火薬の臭いで怯えさせないように、散弾銃は木の陰に置いてきた。

すり足で近づく姿からは和尚のほうが野生動物で、少女が獲物のようだ。

獣耳少女の放尿は長く続いた。

最後にぷるんと尻を振って、雫《しずく》を落とす。大木の根は少女の小水で濡れている。満足したようで、少女の三角形の耳がひくんと立った。

「無用心じゃな。よく今まで誰にも見つからなんだ」

「ひいいっ」

あわててあげていた脚をおろそうとするのを、和尚は飛びついてぱっと足首をつかむ。

がるるっ、と牙をむいて振り返る妖怪少女。目つきが鋭い。

「なんだよっ。ボクに触るなよっ！」

澄んだ声だった。

2

目の前にしてみると、妖怪少女は小柄だった。堂々たる体躯《たいく》の和尚が強《こわ》い毛の生えた足首をねじると、バランスを取れずに片足でぴょんと跳ねて逃げようとする。

「人語を解するのか。それなら話は早いな」

幽霊とは違って、妖怪は実体がある。

人間の目に見えないように身体の色を周囲の景色に同化させ、身を縮めて木のうろに隠すことはできても、完全に姿を消せはしない。

獣耳少女は足首をつかまれ、大きく脚を開かされては逃れようがない。

和尚にとっては御しやすい妖怪のようだ。

「やめろよ、人間っ。噛むぞっ、本気だからなっ」

うーふっと肩をそびやかしてみせる。

だがY字バランスのような姿勢で立たされているのだ。和尚が足首をちょっとひねれば、きゃんと鳴いて涙ぐむ。

「逃げるな、馬鹿者。そちらの谷からは別のハンターが登ってくる。ワシと違って、本気でお前を退治しようとしているぞ」

「……おじさんは、ボクのことを殺さないの？」

「坊主じゃからな。無益な殺生はせぬ。だがお前を生かしておくとほかの者に害が及ぶなら、わからんぞ」

「害？　ボク、そんなにひどいことしてないよ」

和尚の言葉にきょとんと振り返る。好戦的ではあるが、野生動物特有のまっすぐな瞳。

「ハンターの犬を噛んだろう。中には猟犬に戻れないほど意気消沈した犬もいるらしいぞ」

「だって……どうしても、もうこの世にいない子孫を残さなくちゃいけなくて。でもみんながボクのことを怖がるから、言うことを聞いてほしくて」

「この世にいない子孫を残す……お前は犬の妖怪じゃないのか」

「妖怪だけど、犬とは違うよ。ボクは最後の一匹だから。ボクの中にいるご先祖様が命令するの。たとえオオカミの血は薄まっても、子供は産め、って」

和尚はこの妖怪の身体を眺めて思い出した。灰色の針のような毛。とがった耳。犬よりも狐に近い、大きな尻尾。そして、精悍《せいかん》で長い脚。

「お前……ひょっとしてオオカミの妖怪か」

「……うん」

言い当てられたとき、妖怪少女の大きな黒い目がうれしそうに光った。

「ニホンオオカミの最後の一匹なの。ボクをかわいがってくれた女の子が病気で死ぬ前にふたりで一緒に土地神様にお願いして、ひとつにしてもらったの」

「ううむ、また神道か。ワシの商売の邪魔ばかりしよって」

和尚は唸った。そういう生まれの妖怪は世間に少なくない。仏教伝来前からの古い土地神は、自分を慕ってくる動物や人間、ときには植物までも簡単に妖怪にしてしまう。百鬼夜行などは序の口で、土地によってはひとつの山に千を超える妖怪がいることもあったとか。

妖怪はそうそう人目にはつかないし、現れたとしても狸や狐、あるいは蛇にしか見えない場合がほとんどだ。

このニホンオオカミ少女のように、見るからに妖怪の姿をしているものは珍しい。野生動物と人間がひとつの身体になっているというのも、和尚ははじめて見た。

「なるほど、それで雄犬ばかりを襲ったというわけじゃな」

「襲ってなんかいないよ。雄オオカミの代わりに交尾してもらって、子供を作ろうとしたんだ。でもボクの身体は犬とは違うから、お互いにうまくいかなくて喧嘩《けんか》になっちゃって……」

野犬や猟犬は群れで行動する。だからオオカミ娘を犯す順番を奪い合って、犬どうしが噛み合う騒ぎや、興奮のあまり少女の尻に牙を立ててきた雄犬を噛み返したこともあったという。

どうやら猟犬を襲った、というのも大げさに噂が広まったらしい。

「でも、犬とするのは、すごく痛いの。お尻を持ちあげてるとチ×チンが入ってきて、かくかく動いて、しゃばしゃばに中に出されちゃうの。出されてからも抜けないように根っこがごりごり広がって……ボクのおなかが大きくなるくらい奥にたまってても、まだ子供ができないの」

たくさんの犬と交尾は済ませたのだとオオカミ娘はあっけらかんと語る。

頭は悪そうだが、話の筋は通っていた。和尚は握っていた少女の脚を放す。

「あのね、おじさんに頼みがあるの」

とがった三角の耳をぴくんと動かしながら老僧を見あげる。

「逃がせというのだろう？　構わん、とっとと行け。これからは人間や飼い犬には近づかずに……」

「違うよ」

さえぎると、和尚の腰のあたりをぽんと手、いや前脚と呼ぶのかもしれないが、とにかく毛皮に包まれた五個の肉球で軽くたたいてきた。動物がおそるおそる親愛の情を示す仕草だ。

「ボクと交尾してみて。子供を産みたいの」

「なんじゃと」

「おじさんみたいな人間の雄としたら、子供ができるかもしれないから」

突然の申し出に、和尚はとまどった。

「ボクはオオカミだったし、身体はこの女の子だったのを土地神様にひとつにしてもらったから、オオカミと人間、半分ずつでしょう？　だから犬とだけ交尾しても、子供ができないのかも」

この妖怪にとっては、子供を産むことがなによりも大事なのだ。

「そんな非科学的なことがあるものか」

「妖怪に科学を持ち出すのはやめてよ、おじさん」

ひとことでやりこめられた。

「ロリコンの気はあまりないのじゃが……お前、人間と交わったことはあるのか」

あまりと言うあたり、和尚は正直だ。

「人間としたことはないよ。触られたのも、おじさんがはじめて……だからして、ここで。ずぷって入れて、しゃばしゃばって出して」

人語を解するとはいえ、あまりにムードのない誘いだ。普通の男なら妖怪と交わるなど想像もつかないだろう。ましてまともな大人なら、山中でオオカミ娘相手に発情するはずがない。

しかし、和尚は違う。据え膳は、それが銀器を黒く染めるほどの毒入りであっても、残さずいただく。喜捨を受ける者の精神である。

「ふむ。それならこっちを向け。身体をよく見せろ。話はそれからだ」

身長は小学校の高学年ほどだろうか。胸のふくらみはごく小さい。

身体は肉食獣らしく筋肉質だから、乳房というより胸の筋肉の上にうっすらと脂肪が乗っているといった雰囲気だ。

小さな、餅菓子《もちがし》のようにしっとりした肌の頂《いただき》に、桃の花のような明るいピンクの幼粒がちょこんと置いてある。

「乳首はふたつなんだな」

オオカミは犬の先祖だから、乳首が並んでいるかと思ったが、意外だった。

とはいえ、人間の少女とまるで違うのは羞恥のまるでない態度だ。

初対面、それも自分を追いかけてきた敵に裸を見せても堂々としたもの。無毛のふっくらとした鼠蹊部《そけいぶ》に刻まれた幼い筋を、和尚がじっと見つめても隠そうともしない。服など縁のない野生動物の妖怪だから当然ではある。

「おじさんの仲間の、鉄砲持った人がたくさんきちゃう。早くして」

裸の尻を振る。

色気のある尻ではない。たてがみのようにうなじから背中、そしてばさっと動く尻尾にまで灰色の毛が密集しているのだ。

獣姦《じゅうかん》はしろと言ってできるものではない。まして相手は妖怪だ。

だが、百戦錬磨の和尚である。

「そうさな。もし人間の営みゆえに絶滅したニホンオオカミを復活させる手伝いができるなら、人の道にかなうかもしれんな」

脚のあるものは机以外挿れつくし、穴を持つものはマンホール以外射精しつくした。コロンビアでは、カルテルの女ボスを肉弁慶一本で足腰が立たないようにして手なずけ「勇気の金玉」と呼ばれた男である。

尻尾をむんずとつかむとそのまま引きあげる。

「ひゃあっ、ひゃん」

今までとは違い、情けない声をあげるオオカミ娘。

いやがるポイントが人間とは異なるようだ。老木の幹にすがるように抱きつき、目を閉じて耐える。

「これはおもしろい。こうか。オオカミの妖怪はこうされると恥ずかしいか」

和尚はふさふさの尻尾をつかんで、くんっと引っぱりあげる。

3

「やっ、やんっ、やだよっ」

まさに急所という感じだった。

尻尾を引っぱると、オオカミ少女は牙を出して威嚇しようとするが、本気で襲おうとはしない。

ススキみたいな尾を握る手をゆるめると物欲しそうに、くうんと甘え声を漏らす。

「どれ、よく見せてもらうかの」

「あーんっ、いやっ、だめぇ。ボク、人間に見られるのはいやだよっ」

オオカミ少女がはじめて恥ずかしがった。

構わずに尻尾をめくる。

引きしまった白い尻肉。人間なら尾骶骨《びていこつ》のある部分がそのまま伸びて尻尾になっている。ふだんは毛で隠れているせいで焼けていない真っ白な谷間に、薄紫の排泄器官がひくついていた。

「野生のわりにはずいぶんきれいにしとるの。それ、ここはどうじゃ」

尾骶骨の付根をくすぐる。人間にはない場所だ。

「はあっ、んんっ」

尻尾が立って左右に揺れる。犬と同様、感情を表す器官になっているらしい。

想像以上に敏感に反応した。

「ふふ。くすぐってやろう」

尻尾の付根、毛の生える境目をなぞって指の腹でくすぐる。

「はんうっ、はーっ、だめだよっ、ボク、漏れちゃうっ」

だが、和尚はいじりつづける。

妖怪相手なら人間よりもハードに責めたほうが服従させやすいと経験上知っているからだ。

尻尾の裏側をからかい、元気にひくつく肛門に指を当てた。

「だめえっ」

オオカミ少女はオーンと吠《ほ》えた。その瞬間、和尚が指を当てていた窄まりがふやけたように柔らかくなり、ふしゅううっと肛門の脇から空気が漏れた。

「ああーんっ、漏れちゃったぁっ」

「むふ。なんじゃ。はしたない妖怪じゃな」

あたりに石油とミントを混ぜた匂いが広がる。決して不快なものではない。

それは人間にはない器官の反応だった。

「いやあっ、漏れちゃうとボク、だめになるぅ」

大木の幹に抱きつきながら、オオカミ少女はがくがくと膝を震わせる。その間も、しゅっ、しゅっと刺激的なフレグランスを漏らす。

雌オオカミには肛門の縁に小さな汗腺《かんせん》がある。スミレ腺という特有の器官だ。発情期にはそこからフェロモンを分泌するのだ。小さなおならのようだが、その独特の匂いは雄雌を問わず、同族を興奮させる。

「はくっ……ボク、子供が欲しいの。お願い、早くぅ」

尻を振って交尾をねだるオオカミ少女だが、そう簡単に和尚が願いをかなえることはない。

「抱いてやったら、もう里にはおりてこないか。人間の飼っている家畜を襲わないか。守れないと、いずれお前は殺されてしまうぞ」

霊感体質で妖怪の気配に気づきやすい和尚が見つけたからよいものの、地元のハンターや警官に見つかればどんな目に遭うかわからない。撃たれでもすれば、和尚も寝覚めが悪い。

「うくっ、でも……いやぁ」

「ふたつにひとつじゃ。ワシの種が欲しいなら、山からおりてはいかん」

小柄な妖怪はうっすらと涙を浮かべてためらう。たった一匹の妖怪、それも毛皮のない場所は裸の少女のままなのだ。

オオカミは本来集団で狩りをするはずだが、一匹だけ、しかも半分人間では野犬たちと同じ行動はできない。人里におりて畑や犬の餌をあさるほうが圧倒的に楽なのだろう。

オオカミ少女が逡巡《しゅんじゅん》しているので、和尚はむっと眉をひそめた。

押し問答をしていても埒《らち》があかない。

尻尾の下をのぞきこむようにしゃがんだ。

「痛っ」

毛皮に覆われた足から毛を一本選んでぷつんと抜いた。灰色に光る毛は縫い針よりも少し長く、硬いが適度にしなっている。

和尚は無毛の少女の陰裂を片手で広げた。

複雑に重なった襞の中心に、バラ色の蜜孔があった。

「やだっ、おじさん、なにするの……あひっ、ちくちく……っ」

しかし、和尚が狙《ねら》ったのは性器ではなかった。さらに下にある、ごく小さな穴。そこに針のようなオオカミの毛を一本、そっと挿しこんだのだ。

「あーんっ、おしっこの穴、いじめないで」

どんな動物でも尿道は無防備で敏感だ。

しかもオオカミ少女はつい先ほど放尿したばかりで、尿道は弛緩《しかん》していた。

そこを針金のような毛で刺激される。

膣や直腸と違って、膀胱に続く細い管は一度内側に入った異物を締めつけて拒否することはできない。

「ああんっ、くすぐったい、かゆいっ。きいいっ、ちくちく痛いっ」

和尚は毛の針を数ミリ進めてからひねる。オオカミ自身の硬い毛が尿道の粘膜をつつく。擬似的に放尿の快感を与えつつ、少女が自分では解決できない、くすぐったさとかゆみで責めるのだ。

「きゃいっ、動かさないで。お願い。いじわるしないで」

気の強い女でも尿管責めを五分も続けると白目を剝いて失神してしまう。

和尚は何度か、釣糸や狐の毛を使って生意気な女の霊を屈服させてきた。

オオカミの毛は尿道責めにうってつけだ。和尚のコレクションに加えておきたい。

「ごめんなさいっ、許して。おしっこの穴が溶けるっ。はひっ、息ができないよぉ」

とがった牙と長い舌を見せながら涎を垂れ流し、前脚で木の幹にしがみつく。

鋭い爪で木の皮をばりばりとむしって耐える。

硬い毛を根元まで尿道に埋めると、膀胱に残っていた小水が勝手ににじみ、たらたらと雫になって和尚の大きく無骨な手を濡らしていく。

スミレ腺から分泌される揮発性の香りと濃い尿のアンモニア臭が森に広がっていく。

「あーん、あーん」

「どうする。人間の子種が欲しいか。里におりぬと誓えばくれてやる。それともこのまま生殺しがよいか」

幽霊と違って妖怪は人間のような計算や損得勘定ができない。その代わり嘘をつくことはほとんどない。自分の意志で里におりないと約束させないといけないのだ。

「それ、追加じゃ」

無慈悲にも和尚は尿道の針毛を動かしながら、その下でぷっくりとふくらんでいた小さな核《さね》をくすぐった。

「はああんっ、だめぇ、気持ちよくて、くすぐったくて、おかしくなるぅ」

「山からおりずに暮らすのがいやなら、このまま狂わせてやろう」

遠吠えをするようにオオカミ少女がのけぞる。頭の脇に立った大きな耳がひくついている。

「ああっ、いやーっ。ボク、だめぇぇ」

尻尾が立って激しく揺れる。後方の器官と一緒になったスミレ腺からフェロモンのガスが漏れる。そしてオオカミ少女の中心にある桃色の肉唇が、男の精を求めて物欲しそうに開いた。

焦《じ》らすために和尚はあえて雌の穴を一度も刺激していない。それなのに透明な露はかすかに濁りはじめ、つぅと糸を引いて地面に落ちていく。

「犯して。中でかき混ぜて。しゃばしゃば出して。ボクを孕《はら》ませて。二度と人間には近づかない。犬にも悪いことしない。お願い。突っこんで。どろどろにしてえっ」

「よかろう。約束を忘れるのではないぞ」

「約束するよ。だから、ボクにちょうだい。おじさんの……チ×チン」

和尚はためらいもなく下半身を見せつけた。

4

むっくりと顔を出したのは、青大将もかくやという肉弁慶。

「ひっ……なに、それ……っ」

振り返ったオオカミ少女が怯《ひる》んだ。

無理もない。太ってはいるが、たるんではいない下腹。そこからぬっと垂れ下がった和尚の肉バットは、喜寿とは思えないほど鍛えた筋肉質の腿の間で、まさにもう一本の脚というべき揺れかたをしていたのだ。

しかし、下向きに揺れていたのはほんの一瞬だった。

「くれてやろう。たっぷりとな」

獲物を見つけた巨大な山椒魚《さんしょううお》が淵《ふち》から顔を出すがごとく、脂で磨いた黒曜石の塔が、ぬうっと上を向きながらふくれあがっていく。

まつわりついた静脈の一本ですら、子供の陰茎ほどもある。

「そんな……怖い。人間のって大きい」

振り返って和尚の下半身を見つめるオオカミ少女が唇を震わせる。

ニホンオオカミは人間の性器など見たことがないだろうし、オオカミと一体になって妖怪化したという少女も、幼い見た目からして平常時の父親のものを見た経験があるかどうかだろう。

「犬とは違って先が太いじゃろう。これがお前の中で暴れるんじゃぞ」

彼女に見せつけるように、和尚は鮮やかに赤い肉キノコの傘を振った。腹につきそうな角度で天を向き、充血で震えている。先端の小さな雄穴からたらりっと雄の潤滑エキスがあふれた。

「尻を持ちあげて、脚を開け。ぶちこまれるのを待て。ずっぷりとやってやる。突きとおしてやる」

和尚の命令は少女には酷なものだが、有無を言わせなかった。

くうーんっ、と恥ずかしそうにうめきながら、幹に前足をついて尻を持ちあげる。尻尾がまるまって背中のほうに持ちあがった。しっとりと汗ばんで濡れた尻肉の谷間に、紫の窄まりと桃色の門がひくついている。その下には、和尚がオオカミの体毛を挿しこんだままの尿穴と、ぷっくりと興奮を示す娘真珠もそろって、はじめて人間の雄とつながる瞬間を不安まじりに待っていた。

「熱いっ、おじさんのが……ひぃっ、めりこんでる」

柔らかな肉の羽根を巻きこみながら、ずるっとごくゆっくり、和尚はルビー色の先端を押しこむ。

王冠の縁が収まるまで、オオカミ少女は息を吸うことができない。ただ身体を貫く和尚の肉の槍《やり》を受け入れるために息を吐く一方だ。

何層にも重なった襞が和尚のものを受け止める。赤く漲《みなぎ》った男の宝珠が襞を巻きこみながら、ずぬりと侵入する。

「いろいろな犬にハメられて、だいぶ練れているな。それ、力を抜け」

入口は狭いが、締めつけをくぐり抜けると少し余裕ができた。だがこのオオカミ少女は何頭もの犬と交わったのだ。犬、それも猟犬になるような犬種の交尾は人間とは違う。数分にもわたる長い射精とともに、射精後には陰茎の根元がふくらんで、雄が放った体液を漏らさないように蓋《ふた》をするのだ。

「はうぁ……ボクん中に入ってる。人間のチ×チンって芯《しん》があって熱いんだ」

オオカミ少女はうっとりした顔でのけぞった。半分人間、半分ニホンオオカミの身体でありながら、別の生き物である犬としか交わることがなかったのだから、身体の相性は決してよくなかったのかもしれない。

最初に交尾をねだったときの冷めたような、事務的な様子から想像するに、犬族との交わりは快楽とはほど遠かったのだろう。

和尚の剛直を受け入れた濡れ筒はゆっくりと閉じて、逃がそうとしない。

「締めつけてきよる。生意気な身体じゃのう」

「あふぁ……っ、ぴったりしちゃう。こんなの、知らなかった」

若い娘らしく襞はざらついている。粘膜が肉冠にからみつきながら抵抗し、やがて弛緩する。そのときを狙って和尚は腰を突き入れる。

「きゃんっ、ボクの中が、おじさんのチ×チンでいっぱい」

毛皮に覆われたオオカミの手。身体の奥をえぐられる快感に、オオカミ少女は鋭い爪を木の皮に立ててひっかく。人間で言えば、快楽の縁にいる女がシーツを握る感覚なのだろう。

「種がいるなら腰をゆすれ。ワシを昂《たかぶ》らせるがよい」

「んーっ、ぎゅっとするの？　おじさんにしてほしいのに、人間のやりかたがわかんない。たくさんどくどく出して……ああん、ボク、できないよぉ」

オオカミ少女の興奮が増し、蜜道が柔らかくなる。

娘汁の温度があがるのを確かめて、和尚はぐんと腹筋をゆるめた。

止めていた血液が肉槍に流れこみ、娘の締めつけをものともせずにみちみちとふくらんでいく。

「はきぃいっ、中でぶっとくなったぁ」

長い舌を出し、何度も息を詰まらせながら、きゃいっ、きゃいん、と子犬のような悲鳴を響かせる。頭から背中にかけての灰色の毛が逆立つ。尻尾を激しく振って、熱い息を漏らす。

和尚の男傘がオオカミ少女の身体のいちばん奥に当たる。子宮口が人間の精を求めてひくついた。

「むうっ……これが妖怪の雌穴か。人間よりもきついのう」

まるで身体の中にもうひとりの少女がいて、けなげに唇を肉珠に当て、頬をすぼめて吸いついているようだ。

「わきゃんっ、ひっ、だめ。お尻が動いて止まんない……っ」

肉茎を通して少女が切迫しているのがわかる。

抑えていた勃起を解放して、肉茎を太くしても彼女の小刻みな尻ピストンは止まらない。

「あきぃいっ、ひくっ、だめえぇっ、漏れちゃうっ」

森に切羽詰まった嬌声《きょうせい》が響く。絶頂が近いのだ。

肛門が息継ぎをするようにひくつき、ぷしゅっ、ぷしゅっとスミレ腺フェロモンのガスをまき散らす。

「いーあーおっ、だめぇえっ。なんで動いてくれないのっ、ボクに早く、じゅぷじゅぷしてっ」

がくがくと腰を振りつづける少女に対し、和尚は直立不動を保った。はじめての人間との交尾に翻弄《ほんろう》される妖怪の姿を眺めるのも一興というわけだ。

「ひはあっ、もう……好きになっちゃうっ」

蜜道の痙攣が激しくなる。絶頂がはじまったらしい。

だがそのとき、ふたりは同時に、背後から別の生き物の気配を感じた。

「ひっ」

「……ぬうっ」

灌木の茂みを分けて現れたのは、巨大な犬だった。

シルバーの毛に青い瞳。顔が長く、凜《りん》とした雰囲気。

シベリアンハスキーだ。人間に忠実だから、ひと昔前に飼い犬として流行った。だがあまりに大きくなる犬種なので飼いきれず、野山に捨てる飼い主もいると聞いた。その成れのはてのようだ。完全に野犬化している。

うーっ、と唸りながら、森の中でつながっている人間と妖怪に向かって頭を下げ、後ろ脚を伸ばす。自分の縄張りで交尾している侵入者を威嚇しているのだ。

和尚の肉茎がきゅっと締めつけられた。後方から貫かれているオオカミ少女が、敵の出現に緊張したのだ。

がるるっ、とオオカミ少女は肉弁慶を受け入れたまま毛を逆立てる。

うーっ、とハスキーは低い唸りで牙を見せつけながら、後背位でつながったふたりを中心にまわっている。かなり怒っている様子だ。

ハスキーの背中から腹にはいくつもの新しい噛み傷があった。交尾が乱暴だからオオカミ少女を怒らせ、噛まれたという相手がこの雄犬なのだ。

「おじさんはそのままでいて。ボクが」

少女は唇を噛み、牙をむき出した。オオカミの本能が耳を立たせ、四肢の指を開いた。飛びかかるタイミングを狙っている。

「こいつを、やっつけるから」

野生の犬とオオカミの妖怪、四つの瞳が向き合った。

だが和尚には、女の妖怪に守ってもらう趣味はなかった。

ぐんっ、と勃起をさらにふくらませた。

「ひはっ」

身体に心棒を通されたようにつま先立ちになったオオカミ少女が、自分の状況を把握できずに目を白黒させた。

同じように驚いたのは目の前のハスキーだ。後方から犯されていた侵入者が、雄の性器だけで浮きあがったのだから。

さらに手も脚も使わずに、如意棒だけでオオカミ少女を持ちあげ、クレーンよろしく方向転換。思わず和尚を見あげたハスキーの視線を捕らえる。

「叱《しっ》ッ！」

和尚の一喝。

風すら止まった。

森の中にはいっさいの音はない。

威嚇姿勢にあったハスキーが、ふっと脚の力をゆるめた。帆船の帆柱のように立てていた尻尾がうなだれる。

くうーん、と小さく息を漏らすと、ハスキーが寝転がった。

あお向けになって和尚を見あげる。弱い腹をまる出しにして、手足を開いて横を向く。服従のポーズだ。

和尚の一喝はハスキーを屈服させた。

なにしろ六十年以上遊び人をやっているのだ。ボゴタでは六ドル盗んだひったくりから七百ドルを取りたてた。

マナウスの売春街にはルア・コックネング（黒然通り）という路地がある。

たかが数年を山で過ごした野犬ごときは相手にならない。

「すごい、おじさん。ボク、大好きになっちゃうかも……」

巨大なハスキーをただ一喝で服従させた和尚の顔を振り返って、オオカミ少女はつぶやいた。

頬は赤らみ、自分を貫いている和尚を見あげる瞳は潤んでいる。

だが和尚は、そんな彼女の感情など気にすることはない。

「舐めてやれ」

「……えっ？」

怪訝《けげん》そうに振り返ったオオカミ少女の中で、肉弁慶を完全に解放した。

5

一尺近い揺《す》り粉木が妖怪の下半身を自在に振りまわす。

「あーっ、いやだっ、汚いっ、気持ちわるいっ」

オオカミ少女の目の前には、あお向けになったハスキーの下半身がある。

長い毛に覆われてきつい腐ったアンモニア臭を漂わせる雄のふくらみと、その下には赤黒く獣の臭いを振りまく排泄器官だ。

「舐めてやれ。三度は言わんぞ」

なんと和尚は、その雄犬の排泄器官を舐めさせようというのだ。

「いや……ん。どうして。ボク、悪いことしてないッ」

ずんと突けば耐えられずに前脚を崩し、むほっとハスキーの下半身、人間でいえば蟻《あり》の戸《と》渡《わた》りに顔を押しつけてしまうオオカミ少女。

「ワシの精が欲しければ、同時にその犬の精を口で受けてみよ」

ますます、ずんと突く。

「やだっ」

オオカミにとって、人間の軍門に下った犬は一段下の生き物だ。少女の言動から、和尚はそれを察していた。

ハスキーは明らかに少女を敵視している。同じ群れに入れるつもりはないだろう。それでは唯一ニホンオオカミの血を引く妖怪と、野犬の群れは山で対立するばかりだ。

少女が野犬たちと同族の雌だと、ハスキーに教えてやる必要がある。

だから和尚は、彼女に雄犬のいちばん汚い場所に奉仕させる……という大義名分もあるが、実際にはただのプレイの一貫だ。羞恥心《しゅうちしん》に欠ける野性少女が屈服する姿を眺めたい。まさに鬼畜の所業である。

「むぐーうっ、やだっ、うんちくさいっ、ゲロはくっ」

もがっ、もがっと逆らうのをバックからのロングストロークで逃がさない。

はうーぅ。きゃいんっ、はーうー。

犬の交尾では肛門を刺激することなどないのだろう。ハスキーは白目を剝き、涎を飛び散らしてオオカミ少女の強制舌奉仕を受けている。

少しでも少女が拒否しようとすれば、和尚は結合部から肉茎を即座に引き抜く。

「ああっ、抜かないで。ボク、気持ちいいのぉ」

あわてて少女がハスキーの、洗いも拭きもしない野生肛門にしゃぶりつけば、和尚はゆっくりと前進して子宮口をくすぐってやる。ぷしゅう、ぷしゅうとスミレ腺からフェロモンスプレーを噴射するオオカミ少女。そのスプレーはハスキーにも効くらしく、毛皮の中から犬の雄器官が立ちあがってきた。

真っ赤な円筒に、赤紫の静脈が無数に巻きついた器官。グロテスクだ。

亀頭は人間の性器のとは違って三角錐ではなく円筒形で、尿道口がぷっくりと凸のかたちにふくらんでいる。

「怠けるな」

残酷な人間の雄は、オオカミ少女を肉茎で操って畜生性器をしゃぶらせる。

「あーん、汚くてください。助けて。お願い。もう無理。許して。ぬるぬるが、むごふあっ」

うわごとのように許しを乞《こ》いながら、オオカミ少女の口唇奉仕だ。きゅぷっ、ちゅぷっと涎が紫がかったピンクの犬茎を伝い、それが大量の先走りと混じってあたりに変態臭をまき散らす。

「んーっ、んっ、出てくるのやだ。にがいっ、息できないっ」

オオカミ少女が涙目で訴える。ふむーふっ、うーっ、とハスキーは射精が近いことを示して暴れる。

「それ。くれてやる。ワシの種じゃっ」

どっくん、とくんっ。

身体いっぱいにためてはちきれそうだった欲望を、オオカミ少女のふっくらと優しい子宮口から注ぎこむ。

「あーっ、たっぷり、ボクの中にたっぷりいぃ……っ」

同時にハスキーも背中を反らし、畜生精液を放出しはじめる。その量の多さ、白濁の濃さたるや、人間を凌駕《りょうが》する。さすがは大型犬だ。少女の口からたらたらとこってりとした野犬の臭汁があふれる。

「くぷうっ、ひぃっ」

「飲め。前後から人と犬の種を受け止めるのじゃ」

和尚は射精を続ける肉弁慶を動かして少女を従わせる。頬をすぼめてけなげに飲みこもうとしても、犬の精液はコンデンスミルクのように粘る。唇の端からつうっと強い精臭の畜生汁が落ちていく。少女が目を見開いてわななく。

「うえええん、もうやらぁ。もう、やらぁ……」

人間と犬、異なる種族の雄器官に串刺《くしざ》しにされ、前後から同時射精を受けるのはどんな気分だったろうか。

和尚の射精は長く続いた。だがハスキーの射精は、もっと長かった。それがオオカミに近い種族の特徴だからだ。

6

一年が経った。

和尚が法事の準備をしていると、猟友会の会長がやってきた。

「猪肉のお裾分けだ。嫌いじゃないだろう」

三日間、山にこもってようやくしとめたのだという。

和尚は自分に肉食を禁じてはいない。いただけるものはありがたく受け取る。

「まわりの山は猪も増えて、鹿は畑を荒らすし、峠の向こうじゃコンビニのゴミ箱を熊が襲った。害獣駆除の補助金であっちの猟友会は儲《もう》かってるんだが」

会長は和尚が肉の礼にと差し出したハバナの一級葉巻をうまそうに吸った。

「このあたりの山だけは鹿や猪が一定なんだ。たまに骨は見つかるがな。まるで天敵、それも……子もいる肉食獣の群れがいるみたいだ」

「ワシにはよくわからんが」

黒然和尚は寺の裏山を見あげた。ちょうど日が沈むところだ。

「うまくいっとるなら、それでよかろう」

わおーん、と遠吠えが、聞こえた気がした。

第三章　青い目をした穴人形

1

デリヘルを呼んだのだが、二時間経っても来ない。

黒然和尚は寺の隣にある自宅にいたが、待つのにも疲れて本堂に向かった。

明日は商工会議所の前会頭の法事があるのだ。

法事のあとも呑まされて、最後は行きたくもないキャバクラとカラオケとなるだろう。だから、今日のうちに身体を軽くしておきたい。

和尚がこの世で嫌いなものはキャバクラとカラオケだ。

キャバクラで遊ぶくらいなら、ソープがよい。それも老舗の、店長よりも長く店に居着いたベテランの嬢を指名する。すっきりと俗っ気を落としたところで、寿司かおでんで呑むのが好みだ。

カラオケに行って役所の出納役の雑音を聞くくらいなら、新幹線でひと駅の盛り場で、進駐軍から発声を習った年齢不詳のママがいるジャズバーに行く。

とにかく、デリヘルが来ない。

和尚にとってデリヘルは寝酒のようなものだ。生活の中にあるのが当然で、ないとなると調子が狂う。

法事に備えて木魚を磨きはじめたが、渋《しぶ》を塗り直してもらったばかりだから、すぐに済んでしまった。

電話が鳴った。

「あ、和尚さんです？」

脳天気な声が飛びこんできた。

指名したデリヘル嬢だ。月に三度は聞く声だから、覚えてしまった。

「どうした。二時間も待たせよって」

「ずっと電話してたんですよ。お寺の門が閉まったままです。インターホンも鳴らないし、電波も届かないって。あと……お寺の前に変な人形が置いてあって、超キモイですよ。あれ、どーにかならないです？」

「人形とは、いったいなんのことじゃ」

和尚が聞いても、数秒返事がなかった。

ざーっ、ざっと妙な雑音が続いた。

「ぎゃひゃあああああああ」

先ほどのデリヘル嬢の悲鳴だ。

「なんじゃ、なにがあった」

「だずげでえぇぇ」

電話の向こうからは、切羽詰まったデリヘル嬢の叫びしか聞こえなかった。

またも雑音。そして数秒のちに。

「ほほほほ。売女《ばいた》め。奴隷め。わらわの前に二度と立つな」

別の女の声がして、電話が切れた。

女でも誰でも構わない。和尚の遊びを邪魔するものは真っ向から喧嘩を売るのと同義語だ。

「おのれっ」

和尚のデリヘル遊びを妨害したのは何者か。

浴衣を尻端折《しりはしょ》りにして濡れ縁を、た、たーんっと飛び跳ねると、雪駄《せった》を履くのももどかしく、いつも開いているはずの重い山門を、スイングドアのバーに入るカウボーイよろしく押し開いた。

山門の前にはハイヒールが片方だけ落ちていたが、デリヘル嬢の姿はない。逃げてしまったようだ。

地面には段ボールがあった。

「ご供養を願います」と走り書きされたメモがテープで貼《は》ってあった。中は空だ。だが、視界の隅に動きがあった。

「なんじゃ、これは」

ふわりと浮いていたのは西洋の人形だ。糸もなく、ただ空中で漂っている。

黒いエナメルの靴。白いストッキング。黒いドレス。レースの襟もと。ビスクドールとも呼ばれる、フランス発祥の少女を模した人形である。

「呪《のろ》ってやろう」

その浮いた身体から声が響いた。青白い顔に青い瞳。

「殺してやろう」

どぎつく赤い唇。その脇に縦の筋があり、かくんと動いて口を開いた。

「誰も彼も恨んでいるのだ」

白い歯は磁器でできているのだろう。かち、かちと開閉する。

夜の寺の門にアンティーク人形が宙を舞う。和洋折衷《せっちゅう》のホラーシーンだ。

「そこな黄色い下郎。わらわに魂を吸われるのを光栄と思え」

フランス人形は大きくなっていく。

山門に浮いていたときは普通の人形サイズだったのに、和尚と会話を交わしながら、どんどん人間に近いサイズになっていく。

ついには幼児から少女の身長にまで育った。

「下郎、怖かろう。わらわが知る恐怖の味をお前に教えてやろう」

ガラスの目玉は青く輝き、白い肌が月に照らされて光る。

人形には魂や怨念《おんねん》が宿りやすい。それは洋の東西を問わない。

因縁のある人形は和尚の寺にも何体か持ちこまれていた。

だがある程度供養したら、そのまま放っておくしかない。人形に憑依《ひょうい》する霊は怨念が深くて浄霊ができないことが多いのだ。

「今度はフランス人形と来たか」

だがさすがは霊感体質の黒然和尚、相手が霊だとわかれば怖くはない。

セルロイドの薄肌色の皮膚はしっとりと冷たそうだ。何段もフリルを重ねた黒いドレスからのぞく脚は細くて頼りない。

「わらわはカトリーヌ・ドゥ・アンターナ。お前たち下衆《げす》の手によって殺された恨み、何百年経とうとも忘れわせぬ」

「アンターナ……あの〝血絞り王女・カトリーヌ〟か」

今ではヨーロッパの大国に組み入れられた王国の、最後の王女の名前だった。ロシアとプロイセンという強国に挟まれた小国の独立を守った才媛《さいえん》であり、その美しさまで外交に利用したしたたかな王女だ。

父である王が毒殺され、女王に即位することをプロイセン派の執政官に妨げられたため、王女という地位のまま、破綻《はたん》しかけた王国の財政を立て直そうと通商に力を入れた才女だ。

後世の歴史家の評価は極めて高い。

現在も使われている、無選別の穀物に対する関税の算定方法のひとつに、彼女の名をとってアンタナリオと呼ばれる計算式があるほどだ。

「わらわの名が後世まで伝わっておるのか……ただ〝血絞り〟というのは知らぬな」

「後世の者がつけたあだ名じゃからな。気にすることはない」

だが、当時の人民には国の財政難など理解できなかった。彼らの目に映るカトリーヌの政策はあまりにも過激だった。重税と若者の兵役。貴族制の廃止と商人組合の優遇。血絞り王女と呼ばれたのは、その苛烈《かれつ》なまでに無慈悲な財政立て直し政策によるものだった。重税に耐えられず、土地を捨てて逃散する農民、人頭税を逃れるための人減らしが続発した。

だが彼女の運命を変えたのは、特権階級だった地方豪族の放逐だった。豪族たちは反乱を起こし、二十四歳だったカトリーヌを王宮前の広場に引きずり出し、裸に剝くと片足だけを縛って逆さ吊《づ》りにしてさらしたという。

男たちは度胸を示すため、広場に吊された王女の脚の間のふたつ穴を競って犯した。

王女は呪いの言葉を吐きつづけ、喉が涸《か》れはてると舌を嚙んで自決しようとしたため、血まみれの豚の睾丸《こうがん》を口にねじこまれ、唇を革紐《かわひも》で縫われたという。苦しみながら犯されつづけた王女は、男たちに注ぎこまれた精液だけで、孕んだように腹がふくらんだそうだ。

そして四日目の夜に魔女が現れ、彼女の魂を人間のかたちを模した木の板に移して連れ去ったと伝説にある。

和尚が知っているのはこの程度だ。

それをフランス人形にかいつまんで伝えた。

「だいたいは合っておる。よく学んでおるな、下郎」

「それにしても人形《ひとがた》の板に魂を移されたはずのカトリーヌ王女が、なぜ新しい時代の人形に取り憑いて、しかも日本におるのじゃ」

「この前の戦争で、わらわの呪力を使おうという者が、わらわの魂が宿った板ごと人形に閉じこめて、この国の軍人の娘に届けた。友好の証と騙《だま》してな。わらわは娘だけでなく、家族の魂も、みな吸ってやった」

以来、所有者が代わるたびにその生気を吸い、浮遊霊を見つけては取りこんで霊力をため、ついに自ら動けるまでになったという。

王女の霊はガラスの目で和尚を見つめながら地上に降り立った。

「この身体の中にある魂たちは血を求めておるというのに、わらわは十年も地下の金庫に閉じこめられていた。もう我慢がならん」

霊が取り憑いていなければ、よくできた人形だ。高価であろうことは想像がつく。

先代の持ち主は骨董的な投機として人形を手に入れたものの、漂う妖しさに気づいて金庫に納めたようだ。

だがその行動が、カトリーヌの怒りや恨みを増幅してしまったのだ。

2

「下郎、お前からは幾千、幾万の死霊の臭いがする」

地上に立って和尚を見あげても、カトリーヌは尊大だった。

「食われるのは構わんぞ」

和尚は平然と微笑む。

「なんと申した？」

きょとんとするカトリーヌ。王女の仮面が一瞬消えた。

「お主もこんな遠く離れた東洋で哀しい思いをしてきたのだろう。宗教者として見すごすわけにはいかんな」

ここぞとばかりにたたみかける和尚。もとより魂を奪われるつもりはない。

「ワシはもう十分に長生きした。拙僧の命ごときで気が済むならよし。話の続きは本堂で聞こう」

目の奥の邪悪な光を細目で隠せば、カトリーヌのような世間知らずの王女の霊には見透かせない。

「わかるのか。わらわの苦しみが伝わったか」

「まずは奥へいこう」

和尚がカトリーヌを案内する。フランス人形は空中からおりて、板張りの廊下をひたひたとついてくる。

王女は和尚をただの人間、それも弱った老人と見くびっているのだろう。

だが、長年檀家や葬祭会社を相手にしてきた話術は伊達《だて》ではない。亡霊だろうが妖怪だろうが、しょせんは若い女。世間知らずの妖狐《ようこ》は古狸《ふるだぬき》に騙される運命にある。

和尚は昔ながらの和ろうそくの灯明を点《つ》ける。ハゼの溶ける匂いが広がる。

正面にある本尊の前に座り、カトリーヌに座布団を勧める。

「お主とワシの宗教は違うが、せめてお主のことを詳しく知ってから死にたいものじゃ」

「お前の潔さは気に入ったぞ、下郎。だがこの世を去る前後は、わらわも朦朧《もうろう》としていて……よく思い出せぬ」

「では、死んだときと同じような姿になればよいのではないか」

和尚はゆっくりと立ちあがった。

ろうそくを点《とも》しながら、さりげなく懐に忍ばせた麻縄を引き出す。

ちょこんと体育座りしているカトリーヌの背後にまわる。

きゅっと足首をつかむ。

「なにをする。待て。わらわの身体に触れるな」

「いや、お主が死んだときの姿を再現するのだ。片脚を吊られたのじゃった」

和尚はそう言いながらカトリーヌの足首に白い麻縄を巻きつけて、本堂の屋根を支える柱にまわすときゅうと絞った。

「脚を開かされて犯されるのはどんなに恥ずかしかったじゃろ。思い出すがよい。そのあとでワシを食っても、殺しても構わんぞ」

口ではそう言いながら、ぐっと縄を引き絞ればカトリーヌの脚は左右に、がばあっと開いた。古いデザインの、ふくらんだ白いズロースがまる出しだ。それを和尚は思いきり引き裂いて投げ捨てた。

「ひいーっ」

脚の付根はセルロイドの関節。人形の脚のパーツが胴体のまるい穴に入っている。

「なにをする、いやっ、やめなさいっ」

両足首に縄をかけ、柱にまわしてぐいと引いた。どすんと大きな音を立てて、少女サイズのフランス人形が倒れる。和尚はぴんと張った縄尻を結んだ。

「ああーっ、ひどいっ、この下郎」

セルロイド人形の大開脚だ。

血絞り王女と呼ばれようとも、しょせんはただの霊。生きているときの体力を超えることはできない。縄を解《ほど》こうと伸ばしたセルロイドの腕を、和尚はたやすく頭上に束ね、縛ってしまった。

「やめなさいっ。なにをする。呪うぞ」

これでもう動けない。和尚は優しげな老僧の仮面を脱ぎ捨てた。

「ふふん。ワシがせっかく呼んだデリヘルをふいにしたのじゃから覚悟せい」

つるつるの下半身を見てにやりと笑う。和尚は灯明の脇に行き、ろうそくを燭台ごと持ってきた。

セルロイドの肌にろうそくの炎を寄せる。

「ひいいっ、熱いっ、熱いぃ」

本堂にこもっていた湿気が樹脂の肌で水玉になり、まるで汗のようだ。

ちりりと肌を炎があぶった。

「あーっ、あっ。この下賤《げせん》めっ、なにをするっ」

「なに、おもしろみのない身体を人間に似せてやろうというのじゃよ」

「ぎーっ、熱い。やめてえぇ」

カトリーヌの身体のモデルになっているのは十歳児ほどだろう。なんの飾りもないつるんとした恥丘にろうそくの火を寄せた。

「うぎいいいっ」

ガラスの眼球が裏返り、すさまじい形相だ。

それを構わずにあぶりつづける。土手の部分は軽く焼かれ、白かった樹脂が金色に毛羽立った。まるで秘毛のようだ。

「それ、前はできた。次は肝腎《かんじん》の中じゃの」

和尚の片手にはろうそく、もう片手に日本古来の握りばさみがあった。小指ほどの大きの細工用だ。しゃきんと刃を擦り合わせて脚の間に寄せる。檀家に配る生菓子くらいなら自分で作れる、器用な指の働きどころだ。

「ひいっ、なにをするのです。おやめ……ああ、ひっ」

和菓子職人が握りばさみで菓子のかたちを整えていくように、和尚は熱せられて柔らかくなったカトリーヌの下半身を刃先でちょんとつつく。

セルロイドの肌を盛りあげ、切り開く。

「きいぃ、痛いっ、やめなさい。やめてぇ」

呪われた人形といえども中身は育ちのよい王族の女。肌を焼かれ、溶かされ、はさみを入れられる痛みには耐えきれない。ひーい、ひい、と泣き叫ぶ。

「これで最後じゃ。女にしてやるぞ」

悪魔のごとき笑みを浮かべた東洋代表の黒然和尚、渾身《こんしん》の画竜点睛。

ずぶりっ。

「ほきいいいぃ」

閉じたはさみの先端を、生身の女なら秘芯があるべき場所に突き刺すと、ゆっくりと力を抜く。和式の握りばさみがセルロイドの肌を裂き開く。

嗚呼《ああ》、ついにそこには見事な女性器ができあがった。

青白く生気のなかった肌はろうそくで温められ、あぶられて、わずかに黄色みがかっている。つるりとしていた表面は熱で焼かれ、微細な襞はもちろん、艶やかに光る粘膜や、金色の茂みから顔を出す真珠まで再現されている。尻の谷間に小さな排泄器官まで彫ってあるという芸の細かさ。

「どうじゃ。鏡で見せてやろう」

満足げな表情の和尚はカトリーヌの脚の間に、手鏡を立ててやる。

「なんということを……」

白い樹脂の歯を食いしばり、ガラスの目を剝いて絶句するフランス人形。

彼女が驚いたのは、その本物と寸分違わぬ女の器官のかたちだけではない。

秘裂から黒く濁った粘液がにじんでいたからだ。

「ああ……そんな」

それはカトリーヌの霊がこの人形に閉じこめられ、以来人形の所有者が代わるたびに彼女が吸いこみ、糧《かて》としてきた多くの人々の浮かばれぬ怨念だった。

長年人形の中に閉じこめられたことで怨念は凝縮し、水で溶いた粘土のようにセルロイドの身体に詰まっていたのだ。

「なんてこと……ああっ、あふれてしまう」

カトリーヌがうろたえる。彼女が人形の身体に憑依したまま動けるのは、まわりの人間や死者から奪った負の感情を糧にしているからだ。その恨みのエネルギーが雌穴から流れ出し、蒸発していく。

「狙いどおりじゃ。このままお前の中の汁が流れてしまうと、お前はもうおしまいだのう。どうする」

「ううっ、塞ぎなさい。わらわの身体に刃物を入れたことは忘れよう。今すぐ塞げっ」

長い間災いをもたらしつづけてきた霊とは思えない狼狽《ろうばい》ぶりだった。

「この期《ご》に及んでも威丈高に命じるのか……じゃが、ワシは天の邪鬼でな。そう言われると、お主を助ける義理はないな」

にたりと笑う和尚を数秒感憎々しげに見つめたカトリーヌ。圧政を敷いて平民を苦しめた王女という、当時の人々が思っていたとおりの表情だ。

だが本当は才女ゆえに皮肉屋で憎まれ口をきき、悪女を演じていただけだ。民衆の憎みを自分が引き受けることで祖国を建て直したかった。

心根は優しく、温かい領主だったというのに。

だが、和尚に彼女の過去や真実など関係ない。

なにしろデリヘルが来なかったのだ。和尚の性欲は沸騰すると危険なのだ。

やがて、カトリーヌは口惜しそうに唇を噛んだ。鏡に映る、できたての女の器官からたらたらと黒ずんだ潤みが逃げていくのを見て決心したようだった。

視線を和尚からはずして天井を向いた。

「塞いで……消えたくない。この穴を塞いでほしい……」

　冷えきった本堂に、嗚咽《おえつ》まじりのカトリーヌの懇願が響く。そして、それに応《こた》えたのは和尚の浴衣が立てる衣《きぬ》ずれの音。

「よく言うた。ここにちょうどよい栓《せん》があるぞ」

　両脚が抜けそうなほど強く縄で引かれたカトリーヌを見下ろして、白い褌《ふんどし》一丁の和尚が立ちあがった。正絹の下着を脱ぎ捨てたあとには、悲運の王女が幽閉された中世の城を思わせる巨大な尖塔《せんとう》がそびえ立っていた。

「ひぃーっ、そ、それはなにかっ」

「ふふん。まだ小さいと言うのか。毛唐は欲張りだのう」

　ぶんっと尖塔の先にある亀頭を振るう。遠心力も加わって血液が流れこみ、ずんと太さを増す。乾いたサボテンが雨を含んで太っていくのを数百倍速で見ているようだ。

　いくらカトリーヌが大きくなったからといって、身長は百三十センチほど。

　肉槍は規格外にもほどがある。しかも彼女が栓をしてほしいと願った穴は、先ほど和尚がごく小さく彫ったばかりのものなのだ。

「お前さんが今までしてきたことを思えば容赦はできぬぞ……ほう、さすがに硬いな。どれだけの浮かばれぬ魂を詰めこんでいるのだ」

紅の穂先が白いセルロイドの裂け目に触れる。

濃く熱い黒濁がじゅぷりっと噴きこぼれた。

和尚には霊の感触で素性がある程度わかる。恨みを持つ魂は熱く感じる。カトリーヌの体内で沸騰しそうになっている霊は熱く、硬い。それはカトリーヌに対する消えない恨みだ。数多くの亡者を閉じこめた人形は、これまでの所有者たちを苦しめてきた。

「むっ……これは、いいぞ」

和尚は深く腰を沈めた。

3

できたばかりの雌器官が、肉弁慶の一点突破で哀れに広がっていく。

「ひいーっ、痛いっ、裂けるぅ」

だが脚を開かされ、手は頭の上で縛られたカトリーヌは、身をよじらせる。

ぎりぎりと麻縄が鳴り、悲運の王女はセルロイドの肌をきしませて泣く。

和尚は容赦なく馬鹿太い肉槍を突き入れる。肉冠の縁がカトリーヌの秘唇を押し開くとき、結合部からどろどろと黒い粘液があふれてきた。生身の男根が入ってくることで身体の中に閉じこめた霊が行き場をなくして、漏れ出してきたのだ。じゅく、じゅっくと漏れる黒ずみゼリーは、体外に出るとすっと蒸発するように消えていく。

体内に監禁されていた無数の怨霊が解き放たれ、滅していくのだ。

「さて、次はどうする」

「やめて。もう許してぇ」

「お主は、王女様、お慈悲を、と乞うた相手を許したことがあるのか」

「うう……っ」

和尚はすでに、この場のアドバンテージを取っていた。指のひと振り、舌打ちのひとつでさまざまな政治の場面をコントロールしてきたカトリーヌといえども、布団の戦では百戦錬磨の肉和尚にかなうものではない。

百八十度近くまで広げられた人形の脚。その間に自ら刻んだ性器穴に、ずんと和尚は腰を突き入れる。

「はきーっ、死ぬうっ、裂けるっ」

うわごとのように繰り返すカトリーヌ。

だが、和尚の挿入は止まらない。現実の少女相手ならこんな残酷なことはできない。人間でいえば、少女の骨盤の穴より和尚の一物のほうが大きいのだ。だが、相手は骨のない人形だ。

和尚はためらわずに腰を前進させる。カトリーヌの体内には人間とは違う独特の感触があった。熱せられて溶けたゼリーのようなねっとりした感触。肉弁慶の先端で悟った。その柔らかな異物感は亡者の怨念が固まったものだ。

普通の人間なら古びたフランス人形相手に欲情などできないし、まして怨念の詰まった体内に男根を突っこむ勇気など起こらない。しかし黒然和尚は、煮え立つような死者たちの怨みすら刺激だと感じる図太さを持っている。

和尚の大刀は雄々しさを増して、ついにはカトリーヌのみぞおちを中から突きあげてふくらますほどになった。

「おのれ、下郎め」

だが、相手はしょせん人形。しかも、縛られて身動きできない。

和尚は容赦なくカトリーヌの腹の奥で怒張をふくらませた。

「ぎいっ、ざげるぅ」

脚より太い和尚の肉電柱をがぼっと受け入れて、カトリーヌは失神寸前だ。

「この程度で裂けるはずがない」

さらに腰を突き入れた。

「くうっ、息ができないっ。ああっ、動かないでぇ」

「これはいい……奥までくわえこんで放さんのか」

カトリーヌを深く貫くと、そのまま和尚はフランス人形の身体を勃起力だけでぐっと持ちあげた。ぎちっ、ぎちっ、ぎちと両足首にかけられた麻縄が鳴く。

「許して。逃がして。おとなしくするからっ」

ガラスの目から黒い涙があふれ、すぐに蒸発するように消えていく。

だが和尚はためらいもなく、カトリーヌの古風なワンピースを引きちぎり、つるつるしたセルロイドの胸をあらわにする。

「破らないでっ。大事な思い出の服なのっ」

叫んでも遅い。和尚はドレスを花吹雪《はなふぶき》のようにちぎって捨てた。カトリーヌが身につけているのは両足首と手首の麻縄だけだ。

正常位で貫く和尚のリズムに合わせて体内の怨霊が蠢《うごめ》き、カトリーヌの胸を上下させる。

人形だから胸の隆起どころか乳首もない。

「こんな身体ではつまらんな。どうせならもっと人間らしくしてやろう」

和尚は先ほどカトリーヌの身体に性器を刻んだろうそくと和式の握りばさみ、そして数本の針を手に取った。

つるりとした胸をろうそくの火であぶる。

「ひぎぎぃ」

セルロイドの肌を熱で柔らかくして、和尚ははさみを入れた。

「ぎいっ、やべでぇっ」

悲鳴をあげつづけて、声がかすれている。

肌をきゅっと盛りあげ、ろうそくを強めに振ってかすかに焦がしながら、針をぷすっ、ぷすりと刺していく。

「やめてぇえ、壊れるっ、だめえっ」

人形の身体であっても痛みの感じかたは変わらないのだ。

カトリーヌが男女の結合部からぷしゅっ、ぷしゅうと体内の黒い怨念汁を噴き出しているのが、失禁のように見える。

性器を刻んだ手法とは違い、穴を突き通さず、浅く肌を盛りあげていく。

「できたぞ」

「ひいいっ、わらわの胸があっ」

幼児体形の起伏にとぼしい身体だ。そこに新しい女のパーツができていた。

左の胸に和尚がかたち作った乳首は、幼い体つきにふさわしい小さな乳頭と、うっすらした裾野で、全体がふっくらとしている。

「あーんっ、くすぐったい」

軽く撫でるとカトリーヌが身をよじる。

「見ものなのはこっちの胸じゃ」

和尚はにやりと笑うと、右の胸に当てていた手をどける。

「ああっ、なんてことを……っ」

「どうじゃ、まるで子を六人もなした年増《としま》のようじゃ」

カトリーヌは絶句した。右の胸に刻まれた乳首は、左とはまるで違う。乳頭は干しぶどうのように大きく、皺《しわ》が寄っていて、濃い紫色だ。そのまわりには熱した針で刻まれた、毛穴も深い大きな乳暈《にゅううん》。乳飲み子に吸われつづけた熟女、いや老女の乳首だ。

「ああーっ、ああっ」

取り乱して悲鳴をあげるカトリーヌ。かりそめの身体だとはいえ、ドレスを引き裂かれることを嫌ったように、彼女はこの人形を気に入っていたらしい。犯され死んだ本当の自分とは違い、女の器官を持たないから汚れることのない人形という器を。

「左右違う乳首で、感じかたも違うじゃろうて。それ、同じようにつまむぞ」

「あふーっ。ああっ」

右の大きな乳首は、鮮烈なほどに敏感らしい。

黒然和尚によって股間には発毛した大人の性器がぽっかりと口を広げている。

その膣口には巨大にぬるつく男根を受け入れさせられ、艶やかに冷たかった胸には経産婦の疲れ乳首。

乳首をつまんで引っぱられると、セルロイドの肌が薄くなっているせいで、体内の怨念は出口だと思って殺到し、皺だらけの紫粒をぷっくりとふくらませていく。

「ひぎっ、ちぎれるうぅ」

和尚はその大きな右の乳首をつまんで引っぱった。

「やめっ、だめえぇっ、痛いっ」

悲鳴に合わせて身体が緊張し、肉弁慶を包む筒状の柔肉がぎゅっと締めつけてくるのがおもしろい。和尚はきゅっ、きゅっと幼い身体にアンバランスな紫乳首をねじるのに合わせて蜜孔が収縮し、怨霊の蜜がじゅぷじゅぷとにじむ。

「ふむ。乳首ができておもしろい身体になった。とどめを刺してしてやろう」

「おのれえっ、この下郎め、下衆な黄色い悪魔っ」

呪詛《じゅそ》の言葉も、和尚にはスパイスだ。剛茎が熱を発しながら膨張していく。

肉弁慶の頭がカトリーヌの喉まで届かんばかりの強烈なピストンだ。その運動に合わせて、ぱんぱんとリズミカルにカトリーヌの幼い尻をたたいていた巨大な肉クルミがきゅーっと緊張する。

「ひいーっ、やめるのじゃっ、わらわを壊すなぁーっ……」

「そうれ、それっ、血絞り王女に生身の男をくれてやるぞっ」

和尚が吠えた。

セルロイド少女に容赦ない激突射精だ。

どっくどっくと注ぎこむ生命のマグナムゼリー。

「うあああっ、熱いぃ、だずけでぇ」

樹脂の歯をかたかた鳴らしてカトリーヌが狂う。膣奥どころではない。身体の中に直接和尚の雄エキスを注ぎこまれるのだ。勢いづいた精子は卵子を求めてさまようが、そこに相手はいない。和尚の子種たちはカトリーヌの体内を埋めた怨霊に次々と襲いかかる。怨霊にとって生者の象徴でもある精子に追いつめられ、怨霊たちは出口を求めて逃げ惑う。

「あっ、あふぅ、おええっ」

カトリーヌの身体にある出口はふたつ。ひとつには和尚の精液が満ちている。

残ったひとつ、幼い口から黒い怨霊粘液があふれる。だらしなく開いたバラ色の唇からねっとりとした汁を垂らして痙攣する生き人形を和尚はまだ許さない。

4

「下を塞げば上から漏れるか。それならこれで王手じゃ」

抜いたばかりの剛直は、大量射精を経てもわずかに角度が減った程度だ。とがり紅玉の小さな穴から、間歇泉《かんけつせん》のようにとぷっと濃い白濁がこぼれる。

その大業物をカトリーヌの半開きの口に押しこむ。

「はぶううっ、くはあっ」

熱く漲った肉冠を押しつけ、カトリーヌの唇に両手をかけてこじ開ける。

まともに考えれば子供サイズの口に和尚の巨大な器官が収まるはずがない。

だがセルロイドの頰と唇は筋肉がないぶん、人間の肌よりもよく伸びる。

「おぎっぎっ、無理ぃっ。ぐぽぁ……っ」

白目を剝いて喉を反らせるカトリーヌ。だが、体内の怨念というエネルギーが減ったせいで口を閉じる力は弱くなっている。強引に肉弁慶をねじこまれて顔が歪《ゆが》む。

「無理。お願いっ、許し……っ」

息継ぎの瞬間、肉槍がカトリーヌの細くてデリケートな喉を貫いた。

「おぶおっ、おひいいいっ」

首を振って逃れようとする動きを使ってねじこんでいく。

「苦しめ。噛みついてもよいぞ。どうした。ワシを食いちぎってみろ」

カトリーヌの口を性器に見たてて腰を振る。残酷なハードイラマチオだ。

木の幹に巻きついた熱帯のツル植物のように血管を這わせた肉茎を前後に動かす。すでに一度の射精でたっぷりと精液をまつわりつかせていたから、下半身から上半身に移り、口から出て自由になろうとしていたおびただしい数の霊体たちは逃れようと右往左往する。

「うぐううっ、けはああっ」

涙目で拒否するのを構わずに掘り進む。哀れな悪霊少女がのけぞった瞬間、唇から胸腔《きようくう》までを一直線に和尚の肉槍が貫いた。

「あかぁっ」

呼吸できずに喉を鳴らしたカトリーヌの目を、鼻を、和尚の肉クルミがひたひたと打つ。

「おおう。飲ませてやるぞ。腹の中をワシの精で満たしてやる」

「んーっ、むーっ」

カトリーヌのうめきのビブラートも心地よい。

和尚は思うさま、ぶちまけた。

「むくーっ、あづっ、あづいっ……」

和尚の如意棒は猛《たけ》り狂い、人形の身体の内側に精液をぶちまけた。一度目よりもわずかに薄いが勢いは強い。

縛られたカトリーヌの足指がきゅっとまるくなって麻縄を鳴らした。彼女の身体を満たした怨念の塊は、もはや逃げ場を失った。

下半身に開いた雌穴の周囲には生者の雄エキスが飛び散っており、今度は上半身からも新たな肉和尚の精子が攻めてくる。

皮膚の薄い所から飛び出そうとして、まずはカトリーヌの乳首が充血したよ

うにふくらんだ。だが和尚は乳首を作るとき、セルロイドの薄さを加減してい
た。怨霊の力では破れない。
もう一カ所。和尚がろうそくと握りばさみで形作った器官がある。雌孔の下
にひっそりと息づく、小さな菊のような切れこみだ。
穴は貫通していないが、肌が破れるぎりぎりまで切れこみを入れている。霊
体たちはそこに集中した。内側からセルロイドの艶やかな蕾がむりっ、むりっ
と押し開かされて放射状の窄まりが強制的に開花させられる。
「それっ、もうひと流しじゃっ」
だめ押しとばかりに和尚は下腹の緊張を解いた。大量の精液がどっくと飛び
出し、反動の強さで肉ロケットはカトリーヌの喉からずぬりっと抜けた。
「あくーっ、ううっ、だめーえ」
精液の泡と一緒にカトリーヌは悲痛な叫びを漏らす。
かわいらしい尻肉の谷間に隠れていたセルロイドの排泄器官が内側から圧せ
られ、刻まれた皺が伸びていく。
やがて尻穴は限界を迎え、ぴちっと音を立てて開いた。

「いやあああああっ」

ぶびーっ、ぶばっ、と恐ろしい大音量が本堂に響く。

脚を思いきり開かされ、転がされた裸のフランス人形の尻から、黒々とした半固形のものがひり出される。

「やーっ、出るのはだめっ。わらわの身体が、ああっ、わらわの中が、みんな出てしまうっ」

ぶりりっ、と下品なガス抜き音を響かせて現れたそれは、蛇のように本堂の床でとぐろを巻き、すぐに蒸発して死後の世界に消えていく。

「いぎいいいっ、もう、いやぁ。この国はいやあああっ……」

カトリーヌは尻の穴から大量の黒い怨念をまき散らし、全身を痙攣させた。

哀れな肉人形が板の間に転がっている。

ガラスの目玉に宿っていた異様な光は消え、古いフランス人形の顔は柔和な優しさを感じさせるものになった。

ゆすっても、手足の戒めを解いても反応しない。ただの古くさいフランス人形だ。もっとも下半身と胸の先端だけはリアルな造形だが。

「さて、これも蔵に納めるか」

身支度を整えると、すっかり軽くなったカトリーヌを本堂から持ち出した。

寺務所の裏にある蔵は、この寺の中で最も古い建物だ。

重い鉄の扉を開くと、銅の傘がついた電球を点けた。

棚にはおびただしい数の人形が並んでいる。

髪が伸びるという日本人形。

殺人現場にあった血まみれのテディベア。

そして、不幸な少女の霊が宿っていた着せかえ人形。

和尚はその棚に、かつてカトリーヌだったフランス人形を座らせた。もちろん、人形はなにも反応することはない。

「ふん」

合掌しようかと思ったが、やめた。

季節がひとつ過ぎた。

以前は月に一度入るかどうかだった蔵に、和尚は三日に一度は入ることになってしまった。

重い鉄の扉を開けて灯《あか》りを点ける。棚には夜になると絵が動く掛軸、そして動きまわっていた蝦蟇《がま》の焼き物などが置いてある。以前並んでいた呪われた人形は、ずいぶんと減った。

「遅い。わらわを待たせよって」

奥に置いてあるフランス人形が、和尚を叱《しか》りつけた。

「ええい、こんなものをワシに買わせるな」

和尚には似合わない赤いリボン柄の金色の包装紙が巻かれた小箱を取り出すと、棚に座ったまま動かないフランス人形の横に置いた。蓋を開けると、色とりどりのかわいらしい焼き菓子が詰まっている。

「おお、心待ちにしていたぞ。これが限定のミント&チョコレート、ほう、この茶色は丹波栗《たんばぐり》とな。この国の菓子職人もあなどれぬのう」

身体も表情も動かないが、カトリーヌの声だけは人形の身体から聞こえる。

彼女がこの世で活動するためのエネルギーだった人々の怨念が流れ出したとき、一緒に成仏したと思いきや、カトリーヌの魂は消えなかった。

それどころか和尚が蔵に並べていた、ほかの呪われた人形から怨念を吸収しつづけ、ついに会話ができるほどに霊力が回復してしまった。本来なら浄霊すべきかもしれない。

小学生ほどの大きさがあるから邪魔だというと、お易《やす》い御用と大きさも小さくなった。今は棚のサイズに合わせて身長は六十センチほどにしてくれた。

和尚が破いたドレスの代わりに見事な振袖《ふりそで》を着ている。髪が伸びる日本人形の怨霊を吸い取ってから、カトリーヌが着せてほしいとねだったのだ。

とはいえ、顔はフランス人形のままの青い目だから、まるで三流ハリウッド映画のゲイシャ・ガールだ。

「あっ、グースベリーはどうした。これはブルーベリーではないか」

「夏の限定だったそうじゃ。似たようなもんじゃろ」

「ぜんぜん違う。わらわはグースベリー、売り切れならラズベリーと言ったはず。使えぬ下郎め」

「黙れ。女ばかりのケーキ屋に、ワシは一時間も並ばされたのじゃ。おまけに南町《みなみまち》の神主に見つかってしもうた。恥ずかしくていやな汗が出たわい」

だがどんなに強い恨みをためた人形も、この蔵に置くとカトリーヌが自分のエネルギー源にと、その霊力を吸いこんでしまう。始末に困っていた人形のほとんどから怨念を取り去って抜け殻にできたのもカトリーヌのおかげだ。

「次の〝季節のマカロン〟がどんな味か探ってきたか。種類によっては予約が必要だぞ。あとフィナンシェの新製品とクリームブリュレの……」

「ワシがそんな女々しいことを尋ねられるものか。まったく、お主がひとりで動いていた頃が懐かしいわい……どうじゃ、そろそろ自分で動けぬか」

「まだ無理だの。あと二千体は、こってりと怨霊の詰まった人形が欲しい」

どうやらまだまだ、甘味でカトリーヌのご機嫌とりを続けなければいけないらしい。和尚は髪のない頭をかりかりと引っかいた。困ったときの癖だった。

第四章　玉抜き河童池

1

梅雨があけて、初夏の日差しが青葉を通して池のほとりをまばらに照らす。山の中腹で、清流が注ぎこむ池の水は澄んで、風が吹くたびに宝石を撒いたように七色に輝く。

岸から十メートルほど離れた池の中心には、軽自動車サイズの小島がある。はるか昔、背後の山から崩れ落ちた巨石がこの池に落ちてできたという小島だ。すっかり草と水草に覆われて、巨大な苔玉《こけだま》のように見える。

小島を中心に池を作り、その縁を広葉樹の森が囲んでいる。上空から見れば、盆栽のように整った景色だ。

黒然和尚がこの池を訪ねるのは久しぶりだ。

「おい、柊真《しゅうま》、もし時間があるなら、ワシは少し寝るぞ」

杣道をひたすら登り、山奥にある池だ。喜寿を迎えても体力自慢の和尚ではあるが、さすがに少し疲れた。

「まだ下書きなんです。和尚様は休んでください」

ボーイソプラノの声が返ってきた。

「それ以上池には近づくなよ、ぬかるみが深いからな」

「わかっています。ずっと来たかった場所ですから、まわりが危ないっていうのも下調べしました」

池の縁にイーゼルを立て、大判のスケッチブックを置いた少年が和尚に向かって安心してと言いたげに微笑む。

（いやまったく、母親にそっくりだわい）

柊真の母親は元女優で、スペイン人の映画監督の夫と一緒に麓の実家に泊まっている。

和尚は柊真の母を幼い頃から知っている。村でも有名な美少女だった。

その血を受け継いだ柊真は、ほっそりした線の細い少年だ。近眼だからふだんは大きな黒縁の眼鏡をかけているが、たまに眼鏡をはずしていると女の子に間違えられるどころか、ティーン向けファッション誌のモデルにならないかとスカウトに声をかけられることも珍しくないという。

年に数回、実家を別荘代わりにする柊真の両親と黒然和尚は親しくなり、息子の柊真も和尚になついている。

絵が好きな柊真が、山奥にあるこの池のことを知り、ぜひスケッチしたいと言い出したのだ。

この池ははるか昔から人の立ち入りが禁じられてきた。

大ナマズが人を呑むだの、河童が小島に子供をさらうだのと伝説はあるが、和尚はこの美しい池と小島に惹かれた者が、深いぬかるみに足をとられてしまうのを諌《いさ》めるために禁足地になったのではと考えている。

立ち入りを禁じなくとも、険しい山道の先にある池に来る者はまずいない。

むしろそんな場所だから自然が残っており、柊真が興味を示したのだ。

有名人の息子がひと気のない場所にスケッチに行くのは心配だ。そこで地元の怪しい連中にもにらみが利く、黒然和尚がボディガードを頼まれたのだ。

「まあ、よい。ワシは少し寝るぞ」

和尚は山歩きに合わせて風通しのよい麻の作務衣《さむえ》姿。草木染めの高級品だ。背負ってきたアウトドアチェアを開く。オーガニックコットン生地のハイバックで骨組みはドライカーボン製だ。

百八十センチ超えの偉丈夫は純銀のスキットルからアイラ島で作られた琥珀《こはく》色のガソリンをぐびりと喉に送る。

「早く戻っても両親は時差ボケで寝こんだままじゃろう。夜にはワシがちょいと大人の小料理屋に連れていってやろう」

「わあ。楽しみです」

振り返った柊真は、剃髪《ていはつ》した頭が弾《はじ》いた日光に、眩《まぶ》しそうに目を細めた。

2

（うん。誰だ。誰の声じゃ）

和尚はいつの間にか眠ってしまったらしい。

「んふ……かわいい声だねえ」

聞き覚えのない女の声だ。ねっちりと耳の奥にからみつくような、淫《みだ》らな印象のハスキーボイスだ。

「は……ひゃぅうっ、恥ずかしいよぉ」

柊真の悲鳴が重なった。

ちゅぷ、くっちゅと水音が続く。

(なんだ。どうなっとる)

音が聞こえ、頭も働いているのにまぶたが開かない。

膝に置いた手にスキットルを握る感覚があるのにまったく動かない。

「ほら……ほら。お前のかわいい先っぽが、ご挨拶《あいさつ》をしてくれる」

にゅくっ、にゅちゅぅと水音が聞こえてくる。

「ひんっ、ひぃいん……チ×チンが変だようっ」

和尚が深呼吸すると、水草とメロンを混ぜたような青臭さを感じた。もぎたてのキュウリを折ったときの匂いにも似ている。なにかガスのようなものを嗅がされて意識を失ったのだろうか。

(南無《なむ》……)

声を出せず、目も見えない暗闇《くらやみ》、頭の中で読経する。

心が平らかになり、ようやくまぶたをあげることができた。

アウトドアチェアに座ったままの和尚の視界の先では、イーゼルが倒れ、スケッチブックが地面に落ちていた。

水彩絵の具のセットや水入れ、筆が散らばっている。柊真の姿はない。

池の縁にまるめた柊真の服の山があり、愛用の黒縁眼鏡が乗っている。

何者かに襲われて連れ去られたとわかる。

「あーん、怖いよっ、チ×チンが腫《は》れてるぅ」

和尚のまぶたは開いたが首を動かせず、声も出ない。

柊真は池の中心に浮かんだ小島にいた。

亀の甲羅みたいにまるい島の頂上で、裸に剝かれた少年が内股《うちまた》で立っている。

その背後にいるのは背の高い女だ。

（なんだ。登山客か？）

グリーンのベレー帽をかぶり、背中にはダークグリーンのリュックサックを背負っているように見える。

だが、どうも様子がおかしい。

柊真の背中に押しつけた女の乳房がくにゃりと潰《つぶ》れているのが見える。乳房の先端に桃色の乳首があり、長い脚の付根には、ちらりと面積の小さい茂みがあった。

女は裸なのだ。

すらりと背が高くて肌が抜けるように白い。白いというよりも、青白く光っている。肌が陽光に反射するほどきめ細かいのだ。

「このお姉さんに任せていいんだよ。気持ちよくおなり」

時代がかった花魁《おいらん》のような口調で女が少年の耳を噛む。

切れ長の目に細い眉。きつい印象だが、その婀娜っぽさが男にはかえって魅力だ。

厚めの唇はこれまで幾多の男を虜《とりこ》にしてきただろう。

「うん、うん。ほおら、どんどん大きくなってきた」

細くて長い腕を前にまわし、巣から落ちた小鳥みたいに震えている、無毛の包茎をいじっている。

「ひいいん、お姉さんの手が……ぬるぬるだっ」

ラテックスの手袋みたいな白い手が美少年の未発達な男性器をちゅく、ちゅくと音を立てていじる。大量のローションにまみれたような手は、指の間に薄い膜がある。

和尚は気づいた。

(待て。あれは人ではないぞ……)

ベレー帽に見えたのは縁に襞がついた緑色の皿だ。

グリーンのリュックサックに見えたのは、巨大な草亀を思わせる甲羅だ。

(河童《かっぱ》ではないか)

あまりにも佳《よ》い女なのでわからなかった。

「坊やは感じやすいねえ。もう先っぽからとろとろが漏れてきた。ほぅら、根元も気持ちいいね」

雌河童は愉《たの》しそうに未成熟な性器をもてあそぶ。

(まさかこの令和の世に河童が生き残っておったとは)

和尚のような霊感体質でなくとも、妖怪や魍魎《もうりょう》は普通の人間にも見えることがある。各地に残る妖怪伝説はあながち嘘ではない。

けれど、開発が進んだ世の中では妖魔に出会う機会は減った。

幽霊とは違い、妖怪は長命とはいえいずれは死ぬし、子孫を残さなければ種が滅んでしまう。

（人里離れたこの池だからこそ、一匹でも生き残れたのか）

和尚が住職を務める寺の過去の日々を記した縁起に、この地に住んでいた河童の記述があった。

江戸時代の初期、雌の河童が村の若い男たちを惑わせ、尻子玉を抜いて腑抜《ふぬ》けにしたという。それから数年は田や畑を耕すものが減って難渋したが、ついには旅の僧が河童を始末したと記してあった。

「はんああっ、お姉さん……やめて。チ×チンが硬くなって怖いよう。あうう、力が抜けるぅ」

普通の人間なら、異形の者に性器をいじられれば恐怖しか感じない。だが柊真は、分厚いレンズの眼鏡を奪われている。背後にいるのが人間の女だと勘違いしているのだ。

全裸の少年は腰をがたがたと震えさせ、内股になっている。だが朝顔の蕾のように先端を閉じていた幼茎は、河童の巧みな手わざに反応して勃起をはじめる。

「あーあっ、チ×チンがおかしいよっ、ひはああっ」

河童の手にある水かきが泡立つ。両生類のように皮膚を覆った粘液をローションにして幼茎を擦っているのだ。

「坊やはいやがっても先っぽはうれしいんだね。つるつるの桃色で、おいしそうだ」

包皮が剝けて、亀頭の端が露出した。大量の先走りと恥垢《ちこう》が混じってクリーム色の涙になってあふれる。

「ひああっ、おなかの奥が熱いっ、なんか出ちゃうっ」

まだ精通していない少年は、自分の性器が生む快感に翻弄されている。

「あらぁ。もう出そうになってるね。じゃあ……お姉さんがいただくよ。あちらの和尚もうらやましそうだ」

岸で縛を受けたように動けない和尚に向かって妖艶《ようえん》な笑みを浮かべた。伝承とは違い、くちばしはない。

（あやつがワシに不動の術を使ったと見える）

縁起にも、河童はいくつかの妖術を使ったとあった。

たいつもなら河童ごときの術に操られる和尚ではないが、ウイスキーでうたた寝してしまい、不覚を取った。

（たしか河童退治の法が記されていたはずだが、思い出せん）

やたらと長い寺の来歴や毎日の行事の約束事が書きこまれた巻物だ。内容はうろ覚えなのだ。

へっぴり腰で立ったまま震える少年の前に雌河童がしゃがむ。青竹色の唇をついばむように伸ばすと、先走りを垂らす少年の幼茎にしゃぶりついた。

「はひぃいっ、お姉さんの口……気持ちいいよぉっ」

少年が悶え、河童の長い黒髪に飾られた深緑の皿の縁をつかむ。

「あーっ、出るっ、あーん、変なおしっこが出るっ」

柊真が悶絶《もんぜつ》しながら腰を振る。

「ひん、ひぃぃ、僕の身体……おかしくなっちゃぅ」

白目を剝いて、少年はたっぷりの童貞精液を妖怪の口中に放つ。

「ん……んんっ、んん……はあぁ、濃くて……いい味だよ」

小さな性器を根元までくわえた河童は、熱い精を舌で受け止めてから、唾液で舐め溶かして童貞汁を味わう。

喉がこくこくと動く。初物の精をうれしそうに飲みほす。

3

「はひ……ひいぃ、お姉さんにチ×チンを食べられてるぅ」

雌河童が幼茎の奥にまで残った精を吸うようにしたがい、柊真が握っている河童の皿が深緑から萌葱《もえぎ》色へ、そして瑞々《みずみず》しい若草色へと変わっていく。

「ん……ふふ。初物をごちそうしてもらったよ」

ぬめ光る厚ぼったい唇を指でぬぐうと、最後の一滴まで舐め取った河童が立ちあがる。

「あ……ふうう。もう、だめぇ……」

たっぷりと精を抜かれた柊真が草の上に崩れた。華奢な裸体が河童の粘液と汗できらきらと輝く。

(なかなか淫猥《いんわい》な景色じゃな)

母譲りの美形少年が眉根を寄せて切なげに震える。男色の趣味などない和尚ですらどきりとするのだから、淫乱な雌河童が放っておくはずがない。

「うふ……まだ食い足りないね」

悩ましく柳腰を振って少年の脇に進む。ちらりと岸にいる和尚に目をやるが、警戒しているのではなく、和尚の視線を浴びるのがうれしいと見える。

(根っからの淫乱河童め。だが、悪くないの)

不動の術が効いてまぶたしか動かなかった和尚だが、あでやかな雌河童の姿に、作務衣の中でとぐろを巻いていた肉弁慶がびくりと反応する。

妖魔が使う不動の術は人間の脳に働きかける。だが、鋼鉄の意志は縛ることができても鋼鉄の男根には効かない。

男の脳は頭のほかに、性器に別の脳があるのだ。

(柊真め、餓鬼のくせにいい思いをしおって)

和尚にとっては雌河童も十分に攻略対象である。

「お宝を拝見しますよ」

和尚に狙われているとも知らぬ河童は、うつ伏せの柊真の後ろに座ると、腰をつかんでぐいと持ちあげる。

「あっ、あーん、恥ずかしいよぉ」

四つん這いにされ、女の子みたいな丸尻の谷間をのぞかれて柊真が悶える。

「ふふ。坊やの急所がみーんな、まる見えだよ」

射精してうなだれた皮かむりの幼茎やすみれ色の陰嚢《いんのう》、そして最も秘すべき窄まりまで河童にさらしているのだ。

「お姉さんが尻子玉をいただくよ。骨抜きにしてあげる」

雌河童の目尻はアイシャドーのようにエメラルドグリーンに染まっている。切れ長の目が輝き、唇から細くて長い舌が現れた。

紅色の蛇のような舌が窄まりに触れる。

「んーっ、はあうぅ、なにするのっ」

他人に排泄器官を見られるだけでショックだろうに、小さな穴を濡れた舌で撫でられるのだ。

細い舌は肌と同様にぬめっていた。窮屈な窄まりをするりと抜ける。

「ひーっ、いやああ、入ってくるぅ」

声変わり前のかん高い悲鳴が池に響く。

「んは……坊やの奥はあったかいね。味もめっきり濃いよ」

にちゃ、ぬっちゃと水音が柊真の腸内から響く。少年の体内を味わい、雌河童は目を細める。

「あひ……ひぃぃ、チ×チンが苦しいよぉっ」

射精してから触れられていないのに、幼茎に力が漲っていた。

「ほほ……あたしが坊やの尻子玉を舐めているからねえ」

勝ち誇った河童の声が柊真の泣き声に重なる。

舌を挿入しただけではあきたらず、河童は唇をとがらせて窄まりに当てると、ちゅぽ、ちゅぽと音を立てて少年の排泄器官を吸いはじめた。

「ほ……ひ、はひいいっ、おかしくなっちゃううぅ」

柊真はがくがくと首を振って、身体の中と外を同時に責められる強烈な快感に翻弄されている。

(尻子玉とは……男の前立腺のことであったか)

雌河童の舌技に和尚は舌を巻く。

男の勃起や射精を司る器官だ。河童が尻穴に挿入した舌をくねらせて腸壁ごしに前立腺を刺激すると、本人の意志とは無関係に勃起し、射精してしまう。

勃起と射精を繰り返す快楽漬けが続けば、理性など消し飛んでしまう。

人間の女が指やディルドを使う前立腺プレイですら病みつきになる男が多いという。河童の細長くて自在に動く舌で腸内をまさぐられるのは、その何倍もの快感だろう。

寺の縁起にあった、江戸時代の河童が村の若衆の尻子玉を抜き、腑抜けにしてしまったというのはこの前立腺責めのことであろう。

「はあーう、だめっ、もう……漏れるぅ」

大の男ですら狂う前立腺責めに、精通したばかりの少年が耐えられるはずがない。声変わりしていないソプラノで悶えている。

「はひ……また出ちゃう。チ×チンの奥が苦しいよぉ」

四つん這いで真下に向かってぶるぶる震える幼茎から、たらりと濃厚な少年露が漏れる。生命力を煮つめたようにぶらりと糸を引く。つららのようにぶらりと糸を引く。

「お姉さんに出るって教えてくれたのかい。いい子だねえ」

とぷ、とぷっと漏れる二発目の精を水かきのついた手が受けた。さらに反対の手で牛の乳搾りのような手つきで雄のミルクを、幼茎のくびれをしごく。

練乳みたいな精の雫がとろりと河童の手に落ちると、柊真の窄まりからぬるぬるの舌が抜けた。柊真の身体が支えを失ったようにがっくりと崩れる。

「ふふ……いただくよ」

河童は手のひらの甘露をじゅるっと下品な音を立てて吸い、目を細める。

精通の初搾りを飲んだ直後と同じように、河童の頭の上の皿が潤って水面のように輝いている。

どうやら河童は男の精から活力を得ているようだ。青磁のようにつるりとした肌も照りを増している。

「は……う、お姉さん、もう許して……んはぅ」

連続の射精、しかも二度目は強制的に搾られたものだから、柊真の体力と気力はもう残っていない。

「おや。まだだよ。肝腎のところがひもじいままだ」

つやつや肌を光らせて、河童は少年をひっくり返す。

幼茎は青唐辛子のように縮こまっていた。

「さあ、お姉さんを愉しませておくれ」

たぷんっと揺れる重そうな乳房は人間と変わらない。桜の花びらを散らしたような乳首はかなりの上物だ。

恥丘には毛が一本もない。粘液で濡れ光る、ぽってりと柔らかそうな土手に、深い陰裂が刻まれていた。

瞳をぎらつかせた妖怪は柊真の下半身に跨《また》がる。

脚をあげたとき、陰裂の奥に薄桃色の陰唇が光った。肌の粘液よりももっと大量の蜜で濡れている。

(ほう。姫口は人間と同じ……どころか、ずいぶん具合がよさそうじゃな)

若い頃は中米からパタゴニアへ、僧職についてからは中央アジアから北欧まで、あらゆる女、そしてとき人ならぬものも抱いてきた。和尚クラスの遊び人になると外陰部のありようだけで膣洞の感触まである程度は読める。

柊真をからかい、男を手玉に取る花魁のような態度の雌河童だが、陰門は生娘のように美しかった。こりこりと締まって男を涅槃《ねはん》に連れていくだろう。

（相手は妖怪、柊真は危急だ。しかし、あの具合のよさそうな姫口にはなんともそそられるわい）

不動の術をかけられていようと、性欲は不滅だ。

妄想するだけで和尚の肉弁慶が大蛇のごとく鎌首《かまくび》をもたげ、作務衣の生地を突っぱらせた。

「ああ……和尚様、助けて」

切れぎれの声が和尚に届く。

「ふふ。あの和尚は動けないよ。静かになるおまじないをかけたからね」

河童は、作務衣姿の和尚をただの老人と見くびっているようだ。

霊や妖怪に慣れっこの僧だと知っていれば、もう少し注意を払っただろう。

そこに勝機がある。河童落としだ。

（なにか手だてはないものか）

はるか昔、この地に現れた旅の僧が河童を退治したという縁起にあった文字を、必死で思い出す。

（そうじゃ。名前。妖魔の名前を呼び……まずはひとつ、命令を）

ベルギーの私立探偵が灰色なら、日本の霊感和尚は桃色の脳細胞に記憶が刻まれていた。

丹田に気を集めると、手足の先が動くようになる。

だが身体が自由になっても、小島とのあいだには、人の足ではとても進めない、深いぬかるみがある。

目だけを動かすと、水彩絵の具のチューブがあった。柊真が河童にさらわれたときに散らばったものだろう。

裸足の指で拾いあげ、手もとに寄せる。森と池のスケッチをしていたから蓋が開いていた。絵の具の基本色のヴィリジアン。酸化クロムの顔料を使った鮮やかな緑だ。

昏倒《こんとう》していた和尚が目を覚ましていたとき、最初に嗅いだのはキュウリの匂いだった。河童の好物だ。

和尚は獲物を見つけた蝦蟇のようににんまりと笑みを浮かべると、作務衣の腰紐を解いた。

和尚はわざと、どすんと大きな音を立てて、アウトドアチェアから落ち、地面に巨体を転がせた。

「あら……なんだい」

雌河童はさんざん責め抜かれて気を失った少年に跨っている。

萎えた幼茎を勃起させようと、粘液まみれの指で包皮の内側を愛撫していたが、意識のない少年と精を出しきった器官は応じない。

薄緑に眦《まなじり》を染めた、切れ長の目が和尚の股間に向く。

「おや、あの老いぼれめ。キュウリを隠し持っていたか、あるいは」

こくんと喉が鳴るのがわかった。

河童の好物、極太のキュウリが転がっているのだから無理もない。

成功だ。和尚はほくそ笑む。緑の絵の具を塗りたくった雄肉は、河童を惹きつける最高の疑似餌《ルアー》だ。

巨大なキュウリか男根か。離れた小島にいる河童には判別がつかないが、大好物には変わりない。食欲か性欲、いずれかは満たせると思うだろう。

「ああ……惹かれるねえ」

自分がかけた術が効いて動けぬ老僧が、奸計《かんけい》をもって誘っているとは疑いもしない。

「坊やはあとだ。先に和尚の持ち物を確かめるよ」

雌河童は柊真からおりると、小島の土を踏みしめ、思いきりがに股になって腰を落とす。

無毛の恥丘を割った縦溝から、かわいらしい薄羽の陰唇がちらりと見える。

「そおーれっ」

ぼしゅうつ、という音とともにカエルのように跳んだ。

高くあがってから放物線を描き、軽々と池を飛び越えてきた。下半身まる裸で倒れている和尚めがけて滑空し、これまたカエルのように四つ足で着地する。

4

岸に飛んできた河童は和尚の顔など一顧だにせず、緑に塗った雄肉に目を細め、翡翠のような薄緑色の鼻を寄せて匂いを嗅ぐ。

「ああ……見事な一本槍だねえ」

横たわった極太が男根だと気づき、ほうっとため息をついて目を細める。頭の皿や背中の甲羅を気にしなければ、浮世絵から抜け出てきたようなあでやかな若い女だ。それが男根に目を潤ませ、絵の具が顔につくのも構わず、肉幹に頬ずりしてくる。

「はあん……きっと、精の量もたっぷりで」

ちろりと舌なめずりをする。濡れた蜜穴ではなく、まずは男の精を口にいただこうという顔だ。

「それにしてもこの大きさは、化け物じゃないか」

妖怪に化け物扱いされるのも当然だ。半勃《はんだ》ちですら柊真の腕ほどの長さで、巨大な穂先は紅玉のごとく輝く。

さしもの河童も肉弁慶の迫力に圧倒されている。

「このお玉《たま》に責められて、精を漏らさなかった男はいないんだ。どんなに大きくても……負けやしない」

和尚の凶悪な武具に立ち向かおうと、色っぽい雌河童は自分を鼓舞する。

(こやつ、お玉というのか。自ら名乗るとは馬鹿め)

和尚は薄目で、股間に顔を寄せた河童の様子を見る。

肉茎を撫でる水かきのある手が冷たい。人間の唾液よりもぬらぬらした粘液が肌を覆っているからすぐに絵の具は落ちて、鋼色の竿《さお》がぐいっと反り返る。

「はあ……あ。なんとまあ、立派だねえ」

お玉は肉弁慶を口中に収めるのは諦めたようだ。とんでもなく長い舌がにゅるりと亀頭に巻きついた。

舌も手と同じようにひんやりしている。

「んは……ああ、あの男の子よりずっと硬い……」

亀頭のくびれを柔らかな舌が這う。

水かきのついた手が加勢して肉幹を握ろうとするが、極太の肉弁慶に片手では足りない。両手で雄の丸太をつかんで上下させる。

両生類に近い、ぬらりと粘液に覆われた滑らかな手のひらで竿をしごかれ、舌が亀頭の裾にからみつく。

人間の女とは感触がまるで違う。冷やした大量の葛切りに雄肉を突っこんだような、背中がぞわぞわと震えるほどの快感だ。弓なりに反った剛棒がびくびくと震える。

紅玉の先に刻まれた尿道口から、先走りの露がとろりとあふれる。

「ああ、漏れてきたね。元気じゃないか」

長い舌がぬるりと亀頭を這い、濃い桃色の舌先が和尚の尿道口に届いた。

「んふ……くぅ、あの坊やの濃いのもいいけれど、和尚の枯れた精の味も……ああ、いいっ」

先走りの露を味わう舌の動きが亀頭を刺激する。ローションまみれの絹で亀頭を擦られるような感覚だ。

「う……くうぅ、たまらん」

思わず和尚はうめいてしまった。

「ふふ。気がついたか。だが、動けなかろう」

和尚の股間に這うお玉が乳房を揺らす。和尚の棍棒を舐めながら桜色の極小乳首を草に擦って悦を得ているのだ。

「はああ……ここ百年、こんなに立派なものは見たことがない。ああっ、また粘りとろが垂れて……もったいない」

口を大きく開いて亀頭にかぶせると、じゅぷ、じゅぷと音を立てて舌で先走りをすくう。

「おおうっ、この妖魔め……むう、舌がめりこむっ」

舌の先は人間とは違ってとがっている。面相筆ほどに細い舌先を尿道口にさして前後させながら、厚い唇で亀頭を包み、ちゅうちゅうと吸う。

男のいちばんの感じどころを内と外から同時に刺激されては和尚も唸る。

「我慢せずに、あたしの口の中に精を放つがいいさ。びくびくして、もう出そうになっているよ」

水かきのついた手が肉茎をしごく。

不動の術をかけているると安心しているお玉の動きは大胆になり、和尚が開いた膝の内側に上半身を沈めてきた。

重そうに実った乳房が左右に揺れ、和尚の内ももをひたひたと打つ。

(今だっ)

この瞬間を待っていたのだ。

渾身の力を振り絞って両腕を伸ばす。左右の乳房の頂点でとがった、紅梅色の小粒乳首をそれぞれ指でつまむ。

「あっ、あふううっ、引っぱらないでぇ」

鋭敏な乳首を引き伸ばされ、お玉が悲鳴をあげる。

口が大きく開いた瞬間を待っていたのだ。

「逃げるな、河童っ」

和尚は肉弁慶をぶるんと振って、青竹色にぬめ光る唇に巨大な亀頭を突きたてた。

「ん……ほおおおっ、くほ……おぅ」

巨大な穂先をずっぽりとくわえさせられ、亀頭で気道を塞がれたお玉が目を見開く。

「んむ、むううーんっ、くるひい。まっへ。ほおおっ」

亀頭が猿ぐつわになって、なにもしゃべれない。

「ぎいい、おっぱい、ちぎれりゅうぅ」

舌根を犯す肉茎から逃げようと首を後ろに引こうとしても、一瞬早く和尚が両方の乳首をきゅうっと引っぱる。

くっぽ、くぽっ。

フェラチオと呼ぶにはあまりにも強引な口腔姦だ。

「おごっ、おおお、ひどい、ひろいぃ」

舌先と手で和尚を追いつめようとしたときに見せた、池の主らしい強気などかけらも残っていない。

「ふん。たかがひと突きで涙ぐんでどうする。もっと泣けい」

「はーひっ、おんん、口のなか、らめへぇ」

無理もない。古来より雌の河童族はキュウリや白瓜《しろうり》を食べてきた。冷たくて水気の多いものに慣らされた繊細な口腔粘膜《こうくうねんまく》に、極寒の地でも女たちの子壺を焼いてきた、灼熱《しゃくねつ》の雄肉が突き入れられたのだ。

「河童の口は最高じゃの。それ、味わえ、妖怪っ」

ずっちゅ、ずっちゅと口中を熱い肉弁慶に犯されて、お玉の切れ長の目から光が消える。

「お……おふ、おおふ。狂う。ほひいい、太いぃ」

舌根を焼かれ、ぷりんと暑い唇は肉茎を感じさせるための道具に堕《お》ちる。あまりにも長く、硬く、ふてぶてしい和尚の肉槍が暴れて、脳の奥まで貫かれるような錯覚を起こしているようだ。

「んひ、あひいいぃ、ゆるひて」

優位に立っていたつもりが肉槍一本で逆転して、人間の、それも甘く見ていた老人のなすがままに喉を凌辱《りょうじょく》された雌河童が涙を流す。

和尚の股間に伏せたお玉の頭にある皿は、スポンジのように水をためているようだ。ハードなイラマチオで突きあげるたび、小皿からもたらたらと水が流れ落ちる。

「はんぅ、かんにんっ、水が……ああっ、皿の水が涸れたら、死んでしまいますっ」

弱点を自らさらすほどに追いつめられている。

「お玉っ、お前の望みどおり精を飲ませてやる。どうだ、飲むか、飲むかっ」

ずん、ずんと喉奥を亀頭で突く。頭の皿から垂れる水は青草の匂いがする。

「あい、あーい、おいあふっ」

人間に喉を犯されて、いにしえより続く河童族の末裔《まつえい》が唇を裏返し、白目を剝いて悶える。

「ほひ……ふぁ、ふぁあひ、あひ、飲みまひゅう」

和尚の肉茎が押しよせて舌を喉奥に押しこむのだ。

「自分の名前もはっきり言え。お玉っ、ワシの精を飲むか」

一瞬だけ、肉弁慶を退かせる。

「あーあっ、飲みますっ。お玉は和尚様の精液をいただきます。お玉河童の口にお情けを注いでくださいませっ」

媚《こ》びた口調で射精ねだりだ。

「いいぞ……こぼすなっ」

ど……どくぅ、どぷうぅぅっ。

お玉の喉奥に、一合あまりもあろうかという、大量の精が注ぎこまれる。

「お……おおおっ、ああ……和尚様の、おほおおっ」

男の精は、河童にとって栄養のはずなのに、和尚の汁は毒液のように喉を焼き、お玉の身体を桃色に染めていく。

お玉は滂沱《ぼうだ》の涙を流しつつ、喉を焼く精液をこくん、こくんと懸命に飲む。

「どうじゃ、妖怪。もう、ワシは自由に動けるぞ」

あざけるように和尚が笑い、立ちあがった。

「どうして……ああ」

不動の術が効かなければ、お玉はか弱い娘河童。

「ふん。お前の先祖を、旅の僧が退治したのと同じじゃよ」

老僧は大ナマズのように冷たい目をお玉に向ける。

「妖魔の名を呼び、ひとつ命じて従わせる。お前には精を飲めと命じたな。さすれば妖術は効を失う、と縁起にあった」

にやりと笑った和尚の前にお玉は突っ伏して泣く。

「ふふ、まだ河童退治はこれからじゃ。覚悟するがよい」

お玉の口中に種を放った肉弁慶は、衰えることなくそびえ立っていた。

5

「ひ……ひぃいっ、無体なっ」

明媚《めいび》な池のほとりに河童の悲鳴が響きわたる。

「おうおう、よい声で鳴くな」

和尚はあお向けにしたお玉の陰裂を味わっていた。

「ひい、ひいっ、そんなところを舐めるなんておかしいっ」

河童の交合では女陰《ほと》は舐めないらしい。お玉は羞恥に唇を震わせ、ぬらぬらした脚を必死で閉じようとする。

「んは……だめ、ああ……お許しぃっ」

だが亀と同じで、裏返された河童は無防備だ。

薄桃色の陰唇は透けるように薄くて繊細なつくりだ。人間よりも内襞が少なく、つるりとした姫口の奥からこんこんと岩清水《いわしみず》が湧いてくる。

青白くて冷たい肌に刻まれた無毛の縦割れは頭の皿からこぼれた水と同様に、少々生臭いのが、舌を喜ばせる。

「おお、これが河童の味か。瓜にも似ているな。どれ、核も舐めてやろう」

姫口の上に麦粒ほどの突起があった。和尚の舌が襲う。

「あひいいいっ、おおおおおっ、和尚様ぁっ」

想像以上の反応だった。

健康的な筋肉がついた長い脚が天に向かって伸び、ぶるぶると震えた。同時に、姫口からどっと蜜が流れ出す。

「おうおう、壊れた蛇口だの。どくどくと垂れ流しよって」

「はひ、ほひっ、いじめないでくださいませっ」

淫水を噴く雌穴に栓をするように指を挿しこむと、くねくねと内襞が踊っているのがわかる。

(これは挿れがいのある穴じゃな)

蜜濡れの河童洞は肉弁慶で味わうと決めて、和尚の指はその下へと滑る。

薄青い陰裂に、茄子紺《なすこん》の窄まりがある。河童の尻穴だ。

「どうだ。雌の河童にも尻子玉はあるのか」

全身がぬるぬるしている。肛門も例外ではなかった。

指を当てるだけで、ぬぷっと皺がゆるむ。

中指をいとも簡単に呑みこんだ肛肉を探る。

「あぁっ、だめぇ、恥ずかしい。汚いっ」

四肢をばたつかせて暴れても、甲羅が下になっているから逃げられない。指先で腸壁を探ると、お玉はあひ、あひぃと悲鳴をあげる。

だが姫口は、ぱっくりと開いて淫水を漏らす。

河童にも人間の女と同様に肛門性感があるようだ。

「さあて、いよいよ河童の泣き所を試してみるか」

肛門に指を引っかけて動きを封じ、和尚が顔を寄せたのはお玉の尻尾だ。若草色でしとしとうほどの太さと長さ。皺や襞がなく、つるんとしている。

「あああ、いけない。尻尾はお許しくださいっ」

和尚の興味が向いたと知ると、尻尾がひょこひょこと揺れた。自分の意志で動かせるようだ。

「ふふん。柊真が許しを乞うたとき、お前はやめたか」

和尚はぱくりと尻尾をくわえた。

「ほ……あおおぅ、尻尾だめ。はひ、ひあああぁ」

和尚の口中で尻尾が暴れる。生魚のような舌触りで、骨はないようだ。舌で転がすと自在に曲がる。

「あひ、あひぃぃ、尻尾がぁ……あーん、ああん」

ちゅっと吸ってやると、お玉は頭の皿から水がこぼれるのも構わずに悶えた。陰核よりも感じているようだ。

お玉の反応がおもしろくて、尻の穴を指で掘りながら尻尾を甘噛みしてやる。

「あおおおおっ、イッてしまいますぅっ」

尻尾を根元まで吸われたお玉は、四肢を大の字に伸ばして全身を震わせる。

(ほう。河童もイクというのか)

淫水で唇をぬらつかせた和尚は尻尾の先を舌で転がす。

「んああ、あきぃっ、だめぇ……イク、イクぅっ」

じゅぱああっ。じゅくううっ。

この世の涅槃に送られたお玉が、姫口から絶頂の汁を和尚の顔に浴びせる。

「うう、尻尾でイクなんてはじめて……はひぃ」

「ははは、簡単に気をやりよって。情けない淫乱河童だ」

和尚は肛門をほじりまわしながらあざける。

「あううう……ひどうございます」

お玉は涙で顔を濡らし、恨みがましく和尚をにらむ。

「さて、河童の棲家《すみか》を探らせてもらおうか」

あお向けで四肢を震わせるお玉に和尚は肉弁慶を示す。

女に覚悟を決めさせる、見せ槍の儀式だ。

「やめてぇ、無理……死んじゃいます」

お玉が怯えるのも無理はない。避雷針のごとく天を仰いだ一尺近い大刀は、反りを誇るように身震いした。

「よかろう。こいつで西方浄土《さいほうじょうど》に送ってくれる」

ぬらつく両足首をつかんで持ちあげる。勝利のVサインの中心に、肉弁慶を送りこむ。

ず……ぬううっ。

「ひぃいいいいいっ」

絹を裂くような悲鳴が響く。

ぬらぬらと滑る姫口をこじ開けた下半身の禿頭《とくとう》は娘河童の洞穴を容赦なく押し広げる。

「あひい、壊れてしまいます。あああ、きつい、きついぃ」

「くはは、河童穴は大洪水じゃな」

冷たい雌穴が熱く猛った肉弁慶を冷やす。膣襞こそ人間より少ないが、柔軟な膣道が男を愉しませる。

「ほひ、あふ、太い。あああ、硬いぃ」

奥から噴き出す淫水が亀頭を洗う。

柔軟な粘膜のトンネルをゆっくりと探っていく。

「はううぅ、もうだめ。深い……んはあああ」

膣道の奥で、亀頭の先がこつんと粘膜の口に触れた。

河童の子宮口だ。そういえば爬虫類《はちゅうるい》に近いから卵生と思ったが、人間と同じ、子宮を持つ胎生なのだ。生物学会にとって貴重なデータだろうか。

膣奥の壺口は人間の女よりも小さく、ゴム製のリングみたいな突き心地だ。

「あうぅ、そこ……だめぇ。おかしくなるぅ」

雄槍の穂先を当ててじっと動かさず、子宮口がほぐれるのを待つ。和尚が女修行で会得した、止め槍という技だ。

しばらくすると、かたくなだった壺口が柔らかくなる。

和尚はこれが攻めどころとばかりに激しく腰を送る。

「はひいいいっ、いいい、すごいですぅ」

女の壺を震わせるように、ずっちゅ、ずっちゅと膣道を小刻みに鳴かせる。

「あひ、あおおっ、また……恥をかいてしまいますっ」

肉弁慶の威力を思い知らされた娘河童は狭い雌洞をきゅんきゅんと締めながら、首を激しく振って限界を訴える。

「馬鹿め、まだまだっ」

恐ろしいことに肉弁慶は半ばまでしか埋まっていない。

「おんひぃいいっ、あああ、壊れる。変になるぅ」

ずうんと肉茎を送るとお玉の子壺がぐにゃりと潰れ、たまっていた淫水がじゅぱあっと漏れた。

「ひはあああっ、飛んじゃう。溶けるぅぅ」

身体の中を剛棒で乱されたお玉が絶叫する。

「ははは、犯されても感じるか。簡単にイキよって」

あっさりと絶頂した雑魚《ざこ》河童の膣道を、肉弁慶の頭がずりずりと往復する。

「ああ、もうやめて。はきいいっ、さっきからずっとイキっぱなしなんです」

目の焦点は合わず、唇は開いたまま、脱力した舌がだらりと垂れている。抽送に合わせて揺れる乳房の先ではぷりぷりに充血した乳首が震えている。

水かきのついた手が宙をつかみ、頭の皿からびしゃびしゃと水が飛び散る。

河童特有のパーツが、人間の女とは違う反応を示すのがなんともおもしろい。

「よし、いよいよ涅槃に送ってやろう」

和尚はにたりと笑い、右手を結合部の下に持っていく。

淫水を浴びた尻尾をつかみ、ぐいと内側に曲げた。

「なにするのっ、無理なことしないで……あひいっ」

Uの字に曲げた尻尾の先を、肛門に挿し入れる。

なんと残忍な痴戯であろうか。和尚は人間にはない、性感に飛んだ器官を窮屈な窄まりにくわえさせたのだ。

「ほひ、だめええ、死ぬ。気持ちよすぎて壊れる」

お玉が涎をまき散らして絶叫する。

「それ、壊れろ。情けないイキ顔を眺めてやろう」

濡れ光る河童脚の内側に腰を深く沈めた和尚は、肛肉に締められた尻尾が腸内から出ようとびくびくと暴れるのを手で押しこむ。

同時に姫口に埋めた肉弁慶を激しく前後させる。

「んはああっ、だめ……もうイキ、イキますぅ。ひと思いに壊して。めちゃくちゃにしてえっ」

お玉が全身を震わせた。ぬるぬるの水滴が飛ぶ。

「く……おおっ、壊してやるとも。たっぷり喰《く》らえっ」

ずっちゅうっ。

「ほひ、あぎ、イグゥ、イグゥッ」

踊るお玉の尻尾が、膣壁ごしに和尚の裏筋をくすぐるのがたまらない。

渾身のひと突きで肉弁慶が河童の腹をふくらませる。

「ぬおおおっ、ワシの精をたんと飲むがよいっ」

どく。どっぷっ。

最高の射精だ。尿道を駆けぬけた白濁の弾丸が河童の子宮口を焼きつくす。

射精は長く続いた。

「ああ……出てる。出されて……和尚様の精に染まっちゃう。戻れなくなる」

お玉は白目を剝いて失神するが、すぐに肉体が生む法悦によって意識を取り戻し、またも気を失う。

肉弁慶が力を失い、ずるりと膣口を去ったのは、お玉が十回近く絶頂と気絶を繰り返したあとであった。

日が西に落ちようとしている。

「しまった。柊真を忘れていた」

お玉を責めることばかり考えていて、池の中心にある小島で疲労困憊《ひろうこんぱい》して倒れている少年はそのままだ。

和尚は白目を剝いた雌河童を助け起こすと、真っ白なみぞおちに拳《こぶし》を当て、エイヤと活を入れる。

ぷふぅと息を漏らしてお玉が目を覚ます。

「あ……ああ……和尚様、もう……突かないで」

まだ、忘我の境地にあるのだろう、蕩けた瞳でお玉が唇をとがらせ、後戯の接吻《せっぷん》を求める。

「そんなことより、あの餓鬼を連れてこい。小島へ渡れるのは、お前だけなのだ」

「えっ……あの島なら裏は陸続きですから歩いて戻れますよ」

お玉の言葉に、和尚は頭をぴしゃりとたたいた。

(まったく、無駄な珍宝遣いをしてしまったわ)

だが、貴重な経験でもあった。河童の尻尾が性感帯だとは縁起にも記されていなかった。和尚の手で書き足すべきであろう。

「まあ、なんだ。達者で暮らすがよい」

「ああん……また、いつでも来てくださいませ……」

すっかり和尚になついた雌河童が、感謝を伝えるように肉弁慶を舌で清める。

頭の皿ごしに、池にいくつも波紋が現れるのが見えた。

「む、なんだ」

お玉も肉茎から口を放し、池を振り返る。

「大変。騒がしくしたから、みんな出てきちゃいました」

波紋の中心から、次々と河童が現れる。

「なんだ。お前ひとりではなかったのか」

どの河童も雌のようだ。和尚とお玉の姿に驚くもの、うれしそうに笑みを浮かべるもの、そして目を輝かせるもの。

「みんな冬眠していたのですよ。でも……一大事です」

河童たちが次々と岸にあがってくる。

自ら乳房を揉《も》み出すもの、舌なめずりして和尚に色目を使うもの、中にはさっそく寝転がって脚を開くものまでいる。

「冬眠明けはみんな男に飢えているから……逃げてください。捕まったら、干からびるまで精を吸い取られます」

お玉が心配そうな顔で和尚に向き直る。

「え……ええっ、どうしたのです」

娘河童が驚き、そしてあきれた。

「ふん。毒……いや、穴を喰らわば皿までもと申すじゃろ」

肉弁慶は新たなる獲物を求め、さっそく鎌首をもたげていたのであった。

第五章　処女霊の浄土送り

1

黒然和尚がビジネスホテルの部屋に戻ったのは、夜十時を過ぎた頃だった。

季節に一度の上京は、黒然和尚にとって羽を伸ばす絶好の機会だ。

「まったく、門首の話は長くていかん」

和尚は舌打ちしながら雪駄と足袋を脱ぎ、安っぽいスリッパに履きかえる。数珠《じゅず》をはずし、僧衣をかけようとクローゼットを開ける。薄っぺらい扉は立てつけが悪く、カビ臭かった。

終戦前の生まれとしてはかなり身体が大きいから、自分でホテルを選べる際はダブルの部屋を予約する。

しかし、今日は本山を中心にした集まりだ。

世話役が用意した部屋は古くからの一門の教えに従った、実に質素なシングルルームだった。

　クローゼットには、柔らかなイタリア製の生地を使い、大臣や歌舞伎役者が通うテーラーで作らせた、明るい水色のスーツがあった。和尚の遊び着だ。今夜はこれを着て出かけるつもりだ。

　つるりと頭を撫でるのは、遊びに出る前の確認。宝玉のような頭皮は歓楽街ではネオンを受けて輝く。

　僧職だからといって、地元で遊べないわけではない。住職を務める寺は山腹にあるが、峠を下った門前町はそこそこ栄えている。

　昔は炭鉱、今は昭和レトロブームとやらで沸き立つ門前町に和尚自身が落とす金額もかなりのものだ。

　黒光りする名刀、肉弁慶にとって女遊びはジムのトレーニング代わり。

　喜寿を迎えたとはいえ、まだ現役。夜の町で和尚はちょっとした顔役だ。

　夜の街で僧侶は大歓迎される。

　特に黒然和尚のように身だしなみがよく、地方の寺からやってきた七十七歳ともなれば、水商売の女たちには札束が服を着て歩いているとしか見えないのだろう。

だが、黒然和尚にかかれば老人だからと見くびってくる女などたやすい。年を経た蝦蟇が生まれたてのトンボをぱくりとやるようなものだ。

とはいえ、地元では遊びの種類が限られている。

人生は短い。東京だからこそ、エキサイティングな遊びを経験してみたい。

会員制のＳＭサロンや金髪碧眼《へきがん》のニューハーフまでいるという乱痴気パーティの連絡先も控えて来た。

僧衣の帯をゆるめながら、窓に近づく。

眼下では眠らぬ街が和尚を手招きしている。

「んっ？」

誘蛾灯《ゆうがとう》のように男を誘うネオンと渋滞するタクシーのテールランプ、そして高層階からは米粒ほどにしか見えない熱帯魚のような夜の娘たちのドレスにかぶさるように、白い煙のようなものが横切ったのだ。

目を凝らすと、その白くぼんやりしたものは外の街を漂っているのではなく、ホテルの窓ガラスに映っているのがわかった。

つまり和尚の後ろ、部屋の中にいる。

霧のようだった乳白色のそれをよく見ると、顔があり、髪があった。

黒然和尚は、二度目の舌打ちをしてから振り返った。

「なんじゃ、霊か」

狭いシングルベッドの上、空中一メートルほどのところに、若い女の顔と髪が、ぼんやりと浮かんでいる。

「おい、お前、なにか用か」

白い煙の濃淡でできた顔は、和尚の問いかけに、不思議そうな表情で振り返った。自分が呼ばれたのではなく、誰かが後ろにいると勘違いしたらしい。

「お前じゃ、馬鹿者。そこの幽霊じゃ」

のんきな霊をあきれ半分で叱りつけると、ぼんやりした顔が、カメラのピントが合うようにくっきりした。

「わぁ。見えるんですか」

若い女の声がうれしそうに響く。

声と一緒に、ぼやけていた顔の輪郭がくっきりしてきた。

目の大きな娘の幽霊だ。

顔だちにはまだ幼さが残っている。死んだのは二十歳前だろう。

「嘘じゃないですね。わたしが見えるんですね」

顔を囲んでいた、霞《かすみ》みたいな髪が黒くなって艶を取り戻してくる。頭の後ろで結んだポニーテールが宙で揺れる。

「ずっとこの部屋にいるけど、わたしを見つけてくれた人は、はじめてです。さすがはお坊さん」

首が風船みたいにふわふわ飛びながら僧衣の袖や肩にまつわりつく。

黒然和尚はむぅと唸った。

霊に話しかけるなど、よけいなことをせず、さっさと部屋を出るべきだった。

「ねえ、わたしの声、ちゃんと聞こえてますよね」

幽霊には和尚の能力は知られたくない。面倒なのだ。

幽霊というのは身勝手で、自分の声が聞こえるとなると相手の都合も考えずにつきまとってくる。熱帯夜の蚊よりも始末が悪い。

「わたし、成仏したいんです。なんとかしてください」

「ワシが坊主だからって勝手に決めつけるな、馬鹿者」

霊感のない不特定多数を怖がらせるほど強い霊障なら、和尚ひとりで成仏させるのは難しい。人里におりてきた冬眠明けのヒグマを説得して山に返すほうが簡単だろう。

和尚の言葉を理解し、自分も成仏しようという霊なら未練のもとを探って成仏させた経験がある。

だが幽霊を成仏させるのは大変なうえ、連中は一銭の喜捨すら置いていかない。しかもうまく浄霊させなければ、こちらが恨まれてしまう。

「ワシは忙しいんじゃ。話ならあとで聞いてやる」

目の前の幽霊よりも、予約殺到だというハードプレイも可能な北欧出身のM嬢や、客の腕を肘まで呑みこむという美形ニューハーフのほうが気になるのだ。

このあたりの店は条例で深夜十二時までに店に入らなければいけない。

「ええーっ、お坊さんは幽霊を助けるものでしょう」

話しているうちに輪郭がはっきりしてきた。

ふだんはガスのような幽霊も、他人になにかを伝えたいときには姿が濃くなるものだ。

切りそろえた前髪と大きめの目が戦前の少女画を思わせる美少女だ。細い首の下には、三本の白線が入った襟と赤いスカーフが現れる。紺色のセーラー服だ。

幽霊の多くは死んだの姿を保つ。この娘は高校時代に世を去ったらしい。

「ええい、洋式のホテルだから神父に頼め」

「ひどっ、ちょっ、責任転嫁」

廊下に続くドアの前で通せんぼするように漂っている幽霊を無視して進む。ふわりと幽霊の身体を通りぬける。

「おや、なんじゃ、お前」

セーラー服姿の霊体には、抵抗がほとんどなかった。

「ほとんど現世に未練がないではないか」

和尚は霊の未練や恨みを、温度や硬さとして感じる。

「はぁ。そうなんです。未練がないっていうか、どうしてここにいるのか、よく思い出せないんです」

裏切りに遭った武将ならその怒りを熱く感じるし、男に騙されて失意のうちに死んだ女の霊なら、まるで石のように硬く冷たい恨みの感触がある。女の霊体は、和尚が突きぬけても団扇《うちわ》の風を感じる程度だったのだ。こんなにあっさりした感触の幽霊は、はじめてだ。

そもそも未練がないくせに、現世に迷い残っているようだ。

「お前が成仏したいと思えば、すぐに消えてしまうんじゃないか」

「それが……自分でも早く成仏したいんですけど」

「この世に思い残したことがあるはずだ。勇気を出してチャレンジすればよい。お前には無限の可能性があるぞ」

相手がセーラー服の学生だからと熱血教師のような台詞《せりふ》でごまかそうにも、幽霊は必死で、いや、もともと死んでいるのだから懸命に、といっても命がない。とにかくきつく僧衣の袖にすがりつく。

「生きていた頃の記憶があまりないから、思い残したことと言われても……うーん。そのあたりはスルーでなんとかなりませんか。和尚さんがお経を唱えるとぱーっと悪霊退散みたいな」

祟《たた》ってくる悪霊よりも、ふんわり無自覚な少女の霊は始末に困る。

「あほうか。そんな便利な経文などないわ。退け、退け」

「あーっ、霊をじゃけんにしたっ。和尚さんのくせに」

袖を握る小さな手は、しっかりと輪郭ができていた。

幽霊が思念を強くするほど、そのかたちははっきりしてくる。

袖にすがる手は、今では実体化していた。袖を引っぱられる力が強くなる。

「お願いです。こんなビジネスホテルの部屋にいても誰もわたしに気がついてくれないし。早く成仏したいんです」

涙目で黒然和尚を見あげる幽霊が、かわいそうになった。

「仕方ない。少しだけ話を聞いてやろう」

ぱっと頬に赤みがさした。幽霊が笑ったのだ。

「やったぁ。和尚さん、優しいっ」

セーラー服姿の幽霊が上下に飛ぶ。若い娘がうれしいときにぴょんぴょん跳ねる、あの動きだ。

セーラー服の裾がひらりと舞う。

生きてこそいないが、若い娘が無邪気に喜ぶさまを見れば、喜寿になる和尚だってうれしくなる。

幽霊にも人間と同じ、雰囲気や体つきがある。

この少女は胸の隆起が控えめで猫背だから、はかなげな幽霊らしいスタイルだ。だが、実体化しているのはセーラー服の上半身まで。気になる下半身はまだ綿菓子のようにふわふわと、かたちが決まらない。

僧衣に隠れた和尚の肉弁慶がびくんと反応した。

「名前や時代を覚えていない霊もいるが、死ぬ瞬間のことを忘れるやつはおらん。お前さんはどうして死んだ」

「ええっと……たぶん、二年くらい前なんですけど」

そのときのことを懸命に思い出そうと、立てた人さし指を唇に当てて考えるそぶりは、なかなかかわいらしい。

「たしか、子供の頃から病弱で、たくさん薬を呑んでました。でもこの部屋にひとりでいるとき、なにかすごく不満があって……それで心臓がきゅいーん、ってて」

どうやら殺されたのでも、自ら死を選んだのでもないらしい。それどころか痛みや病に長く苦しんだ雰囲気もない。普通なら幽霊になる死にかたではない。

「ひとりだったと言ったな。なにをしとった」

「あっ、思い出しました。大学の入試だったんです。生まれてはじめて、ひとりでの外泊でした」

幼く見えるが、頭の回転は速そうだ。

きっと成績もよい生徒だったのだろう。

「その調子だ。あとは……死ぬ前に、なにか持っていたりしなかったか。受験票だの携帯電話だの」

ちょっとした探偵気分だ。

「あっ、テレビのリモコンを持ってました。和尚さんに聞かれるまで忘れてましたよ」

少女の霊はすいーっと滑るようにライティングデスクに向かい、ホテルのテレビ用リモコンを取りあげた。

本気で成仏したいらしい。現世の物を持ちあげられるというのは実体化の中でもかなり大変なことだからだ。

「ショックを受けるようなテレビか。ホラー映画か、好きなアイドルの結婚でも発表されたか……」

「画面を観《み》ながら、手でなにかしていた気がします」

幽霊はベッドに座って左手にリモコンを持ってテレビに向けていた。

「ほう、お前さん、左利きだったのか」

和尚がなにげなく言うと、幽霊はなにか思い出したようだ。

「そういえば右手のほうが動かしやすいのに、不思議ですね」

見えなかった下半身に、霧が集まるように影ができて、少しずつ実体化しはじめた。セーラー服の裾から二本の白い影が伸び、固まっていく。

「む。スカートはどうした」

「あれ。穿《は》いてないみたいです。忘れたのかな」

ポニーテールにセーラー服の女子高生が、下半身まる出しでベッドに座っている。

「こんな感じの姿勢で……記憶が曖昧ですけど、しばらくしたら、心臓が一気に冷たくなったような気がします」

開いた脚の間、恥丘を覆うように右手を重ね、左手はテレビにリモコンを向けている。

「ははあ、なるほど。お前のやろうとしていたことがわかったぞ」

得たり、と和尚は禿頭を拳でたたいた。

2

「さては……こうじゃな」

和尚の太い指が幽霊の細い手に重なり、リモコンのボタンを押す。テレビ画面が明るくなった。画面に肌色のものが大きく映る。

メイド服を半脱ぎにされた巨乳の女優が男に組みしかれ、乳房を揉まれてあんあん喘いでいる。

ホテルによくある、有料のアダルトチャンネルだ。

「お前さん、育ちがよさそうだし、男への未練も感じられん……そんな娘がこんなビデオを観れば、興奮してしまうのも無理はない」

男に縁がなさそうな若い娘の幽霊だ。生前にアダルトビデオを観る機会はほとんどなかっただろう、と和尚は推理したのだ。

「ビデオに興奮して、自分を慰めてしまうのもわかる。それが証左に、下半身だけ脱いで大事なところに手を入れておるんだから。そのまま感じすぎて、絶頂して心臓が」

和尚の推理に、普通の若い娘なら怒るか、恥ずかしがるかだろう。

しかし、幽霊の娘はきょとんとしたままだ。

「和尚さんに言われるとそんな気もしますねぇ。思い出せないですけど……」

霊魂になると、人間の三大欲求のうち性欲は消えてしまう。

特定の相手、たとえば妻や恋人への未練がある霊は多くても、憧《あこが》れの○○ちゃんとヤリたくて死にきれない、なんて霊はめったにいないのだ。なにしろ生殖本能がないのだから。

この娘も同じだ。

性欲を失っているから、お前はアダルト動画でオナニーをして、絶頂でショック死したのだ、と告げられても、心当たりがないようだ。

「うーん、そうすると、なにをしたら成仏できそうですか」

「まずは自慰の続きしてみるのが先決かもしれんな」

上半身はセーラー服で下半身は裸の幽霊と、体格のよい僧侶が並んでベッドに座り、セーラー服モノのアダルトビデオを眺める。

シュールな光景だ。

そのとき、幽霊のかたちが急にくっきりした。

「あーっ、これです……思い出してきた」

突然、幽霊が画面を指した。

女優が口を開き、モザイクで隠れた男優の性器をくわえて頭を振っている。

「なんじゃ、フェラチオがどうした」

「わたし、見たかったんです……男の人のおチ×チン」

この幽霊、処女のまま死んだらしい。

「思い出しました……受験よりも、ひとりで外泊できるのが楽しみだったんです。学校は大部屋の寮だし、家も厳しくて、スマホやパソコンでもエッチなのは禁止だったたから」

　性的な情報から隔絶された箱入り娘がビジネスホテルでの外泊で、はじめてアダルトビデオに接したのだ。

　自慰の態勢も整えて、興奮しながら再生ボタンを押しただろう。

「でも……あの、タイルみたいに消されてるのを見て、ものすごくショックで……何週間も楽しみにしてたのに」

「ああ……モザイクで隠れとるのも知らなかったのか」

　自慰の絶頂ではなかった。

　もともと病弱だったというから、ずっと妄想していた本物の男性器が隠されていたと知ったときの絶望で心臓が止まってしまったようだ。

　間抜けな死にかただなどと、和尚は思わない。

　もともと人間など間抜けに生まれて間抜けに死ぬのだ。

「それが悔しかったんです。まわりの女の人は……うちのママだって、きっとパパのおチ×チンを見たり、触ったりしているのに、わたしだけ本物を知らないまま死ぬなんて悔しくて」

性欲や快感を求めるのではなく、純粋に男性器を見て、セックスを経験したかった。それが未練になったのだ。

「一度、現物を見ておきたかったんですよ」

うつむき加減で和尚の僧衣の股間に目を走らせる。

「わたし、幽霊になってから、和尚さん以外の人に姿を見られたり、話しかけられたりしたことはありません。今日の機会を逃したくない。また寂しいのは、いやです」

いにしえの婦人が紅を塗る手つきで、唇を小指でなぞっている。

「和尚さんのおチ×チンを、見せてください。ちょっとだけでもいいですから。そしたら、成仏できると思います」

先ほどまでの開けっぴろな雰囲気とは違い、すがるようにつぶやくその姿は、霊体を見なれ、女の経験が豊富と呼ぶにはあまりある和尚にも、十分に発奮するものだった。

僧衣の下で、自慢の一物が首をもたげつつある。

「見せてくれないと、祟ります。取り憑いて、朝から晩まで耳もとで、おチ×

チン見せてってメロディをつけて、たまにアレンジを加えて歌いつづけます」

実体化した娘の膝が和尚に向く。

「思い出しました。わたし、合唱部だったんです。声量には自信があります。情感をこめますよ。しかも、スーパーの売場曲みたいにエンドレスで」

「いやな霊障じゃな」

もともと色白の霊だから脚は雪のように白い。細い腿と長めのふくらはぎは上半身同様に痩せていて、まだ幼さが残っている。指先をきゅっとまるめたつま先まで、はっきりとかたちが整った。

猫が慎重に寄ってくるみたいに、腕を前についたから恥丘が見えた。ホイップクリームでかたちを作ったみたいに柔らかそうで、まだはっきりとかたちをなしていない。

本人がようやく現世への未練に気づいたのだ。

霊に触れられる和尚が成仏させてやるのも情けだろう。

「生娘の幽霊が抱えた未練を消すのも、僧侶の務めか……秘仏開帳とするか」

錦の僧衣を脱ぎ捨てる。

「わ。うれしい。わたし……興奮します」

娘を驚かせたのは喜寿としては強烈な筋肉だ。

身体を鍛えるのは遊びの基本。週に三日のフーゾク通いは体力維持には欠かせない。最も効果的な体力作りは、女体を使ったトレーニングだ。

ハードな遊びが待っていれば、その二日前には団鬼六《だんおにろく》御大の著書で読んだとおり、生ニンニクと生肉で精をつける。今回の上京では、それを三食連続だ。

ベッドに仁王立ちし、白い正絹の褌一丁になった。

「ふわわ。ちょっと大胆です。ドキドキする」

下着は雄具にとっての鞘だ。業物の太刀なら佳品の鞘を合わせるがごとく、肉弁慶をしまうなら絹が似合いだ。

「あう。すっごくふくらんでる。ああ、びくって動いて」

真っ白い顔に、ごくわずかに桜色がさした。

「さぁ、これでお前さんが成仏するかどうかだ」

手もとなど見ずに褌を解き、するりと抜き身をあらわにした。

ぐいと天を衝く肉の刃《やいば》がぎらりと光る。

「ひゃぁ」

小さく叫んで両手で顔を隠す。だが指の隙間から、大きく見開いた目がのぞいている。

「どうだ、これがお前が見たかった、モザイクなしの男のものじゃよ」

まさに堂々たる一物だった。

「ちょ……っ、お化け」

「お化けは、お前だろうが」

処女の幽霊が驚くのも当然だった。

若い男の屹立《きつりつ》はしょせん角度自慢、生まれ持った素質自慢にすぎない。

長年にわたり淫水で磨きあげた男の持ち物は、肌色から焼けて赤黒くなる。

黒然和尚の巨根は、さらに数多くの女の粘膜に鍛えられ、まるで鋼のように冴《さ》えた青黒い茎に、呪われた巨大ルビーのごとき尖り鈴を載せていたのだ。

根元から先まで、完全充血で一尺にわずかに欠ける。ラスベガスのストリッパーすら恐れをなした持ち物である。

「すごいですね……想像していたより、ずっと大きい」

目を潤ませて、ほうっとため息をつく。

数十分前までただの煙だった手が、今では短く切った爪までは見て取れる。

「画面じゃなくて、本物を見られてよかったです……」

血が通っていない真っ白な肌を除けば、見た目はすっかり生前のかたちを取り戻している。

腰に手を当てて立つ和尚の前にセーラー服の幽霊がひざまずき、潤んだ瞳で太幹を見あげる。

亡者とはいえ、処女の視線を浴びた肉弁慶はますます猛り、出陣の槍のごとく宝珠を高々と掲げてみせる。

「男の人って、こんなのをぶら下げて走ったり、座ったりできるんですか」

わざと間の抜けた質問をするのも、性的な話題をあけっぴろげにできない、生娘の照れ隠しなのだろう。

ここは和尚が大人として、僧侶として、そして性の求道者としてリードすべき場面だ。

「どうだ、握ってみるか」

「えっ……握るなんて。折れませんか」

「男の身体に触れずに死んだのが未練なのだろう。触ってみなさい」

「うう……これも成仏するため、ですよね」

本当は興味があったのに、言い出せなかったのだろう。

幽霊は、命令されたから触るんですよ、という表情を作って、おずおずと手を伸ばしてきた。

娘はためらいながら小さな手を開き、こわごわと茎の中ほどを握った。

霊感体質の和尚といえども、幽霊に自分の性器を触らせたのは、はじめてだ。

「ふわわ。熱い。火傷《やけど》しちゃいそうです」

幽霊に体温はない。手は実体化しているが、生身の人間とは違い、肌に硬さがない。

「むむぅ……これは、たまらん」

氷の冷たさとは違う。

涼しい風に撫でられているような、想像もつかなかった感覚だ。

百戦錬磨の和尚ですら、うむぅと唸るほど心地よい。

「うむぅ。どうだ、はじめて男のものに触れてみて」

「硬いです。なんだかサラミとか山芋みたいですね」

無邪気な幽霊は幹の太さを測るように両手の指をまわす。しかも、その手をゆっくりと上下させるのだ。

自分の手が、男の器官にどれほど強い快感を与えているかなど想像もつかないのだろう。

「お前を涅槃に送る道しるべじゃ。右手の指で輪を作り、くびれにまわすと功徳がある。反対の手は竿根を強めに握り、天に向けてしごくのだ」

生前には性の知識がなく、霊になっても人を信じやすいのをいいことに、剛肉への手淫を教えこむ。

「はあ……動かすと芯が、ぶるって震えて……ああっ、熱いです。これが生きている男性の熱なんですね」

鉄の鍛えかたと同じだ。手しごきでぐんと熱くなった雄の棍棒が少女の手のひらで急冷されて焼きが入り、鋼の硬さを得て怒張する。

上等の水羊羹《みずようかん》に包まれるような霊体手コキは、現世の女にはまねのできない愉悦を与える。

「むう……手しごきの筋がよい。それ、筋ついでに裏側にある細い筋を指で撫でるのだ」

「ああ……はい。ふにふにして、かわいいです」

すっかり従順になった娘は、細くしなやかな指を、裏筋とも呼ばれる陰茎小帯に滑らせる。男の感じどころだ。

「くうっ、手の冷たさがなんとも……たまらんっ」

テクニックなどなにもない処女幽霊だ。

けれど手の冷たさと実体との境目が曖昧な柔らかさは、百戦錬磨の黒然和尚をして舌を巻かせるものだった。

「おチ×チンの先から、とろって……ああん」

クールなゴーストフィンガーの波状攻撃に降参した鈴口が割れ、とろりと先走りのシロップが漏れる。

切りたてのヘチマにも似た青くさい精臭に、幽霊が鼻をひくつかせる。女が本能的に惹かれる雄フェロモンだ。死者となっても身体が反応するらしい。

「ああん……早く成仏して……また女の人に生まれ変わりたい。そしたら」

肉茎を片手で握りながら、先端に人さし指を当てて先走りの露を塗り広げる。和尚の表情を窺《うかが》いながら、にちゃっ、にちゃっと音を立てて極太をしごく。

「これを舐めたり、中に入れたりしてみたい……」

幽霊は唇を半開きにして濡れた舌を披露し、物欲しそうな顔で和尚を見あげる。

「そうだな……さっきのビデオの、真似事をしてみるか」

見事に充血しきった肉槍を座っている娘の顔の前に、ぐんと突き出した。

ああん……と冷えた吐息を漏らして、雄の擬宝珠に目を細めるが、すぐに首を横に振った。

「和尚さんのこれを、しゃぶれって言うんですね。でもこんなに大きいの、口に入んないです」

「お前みたいな霊体は、意識すると身体が実体化する。だが、それは仮の姿。入らないと決めつければ入らないし、口に入ると思えばしゃぶれるはずじゃ」

幽霊に霊の理屈を教えるのも変な気分だが、和尚はその道の熟達者である。

数百、数千の幽霊を見てきたのだ。

娘はゆっくりと口を広げた。子供がアイスキャンディを舐めるような唇だ。

冷たい唇が亀頭の肌を撫でる。

「む……そのまま、くわえるのだ」

3

赤い肉珠がずぬりと侵入する。

口中は手よりも冷たいが、熱い肉珠が冷まされるのがほどよい刺激になる。

昔、暑い南国では、王や貴族の最高の贅沢は、女奴隷や踊り子に氷を含ませてのフェラチオだったという。

その快感をさらに濃くしたのが、この幽霊の口唇奉仕だ。

「おお、口の中がよく冷えて……これはたまらん」

和尚がゆっくりと腰を動かす。

娘はしばらく肉弁慶の太さ、熱さにとまどって、涙目になっていた。

「無理と思うな。くわえられると思うのだ」

生身の女には物理的に入らぬ剛直でも、霊体はいくらでも変形する。ゆっくりと頬がゆるんでいく。

「んくう……和尚さんの、やっぱり大きい。強くて、生きてる味がしますぅ」

生身の人間なら歯もあるし、舌の奥を塞げば苦しくなる。だが幽霊は口の中までしっかりと実体化はできていないし、呼吸もしない。口中を肉茎で満たし、先走りの露を吸って、娘は喉を鳴らす。

「こ、これは……我慢できんぞ」

柔らかく冷たい粘膜に穂先が包まれ、蕩ける法悦が雄肉を痺《しび》れさせる。

和尚の自慢の一物といえど、この不思議な快楽には長く耐えられない。

「むうう……出すぞ。出してしまうぞ」

娘が肉茎をおいしそうにしゃぶりはじめた頃合を見計らって、和尚はずんと深く腰を突き入れた。

びくりと竿の根が震えた。

肉茎の芯を導火線のように快楽が走りぬけていく。

「うーむぅ、飲め、飲めっ」

「あふっ、やんっ」

娘は短い悲鳴をあげたが、和尚の性器は構わずに彼女の喉をさらに突いた。

熱い濁りが噴き出る。

「おふううっ、和尚さんのおチ×チンが、びくびくして」

だが和尚が放った精液を、幽霊が受け止めることはできなかった。

首筋の向こう側、うなじのあたりから膣内に放ったはずの和尚の白濁が垂れて、シーツに落ちていく。

「なるほど、生者のものは受け入れられないというわけじゃな」

だが、幽霊の娘は満足したようだった。

「ああん、これが男の人の……おチ×チンだったんですね。あんなに熱くて、乱暴で……でも、とっても素敵です」

娘は先ほどまで恐れていた大業物に手を添え、うれしそうに頬ずりして、子犬のようにくぅんと鼻を鳴らす。

「まだまだ。お前はまだ、こやつの実力を知らん。使い道を教えてやるとしよう」

絶倫の和尚の分身らしく、肉弁慶は一度の射精ごときでは硬さを失わない。

「やったあ。わたし、おチ×チンのことがすごく好きになれそうです」

幽霊とは思えないほど笑顔が眩しくて、和尚は一瞬どきりとしてしまった。

「その前にお前がどんな霊なのか、知っておかねばならん」

和尚は娘の腕を引き、狭いシングルベッドにゆっくりと押し倒す。

幽霊に重さはないから、シーツに皺も寄らない。

紺色セーラー服の裾をゆっくりとまくって引きあげる。

せっかくの処女女子校生だ。生きていないのが玉に瑕《きず》だが、セーラー服を脱がせてすべてを目の当たりにしたい。

袖を優しく引っぱって、純白のインナーも剥く。

上半身の輪郭には、まだぼんやりした部分があった。

「あーん。恥ずかしいです」

幽霊は自分の肩を抱いて乳房を隠す。

「ふふ。恥ずかしさも喜悦を増すのじゃ」

細い腕をつかんで強引に引きよせる。

少年のようにしか見えない薄い胸。その頂点は、つんととがりはじめていた。

「はあん……困ります。いじめないで」

霊体にとっては霧のような状態が自然だ。霊感を持つ人間に見られても影のようにしか見えない。

乳房がくっきりと実体化しているのは、淫らに昂っている証拠。生娘にはそれが恥ずかしいのだ。

「どうじゃ。乳の感覚が蘇ってきたか」

興奮に従って実体化を続ける、小粒な乳首をいじろうとすると、柔肌を指先がすり抜けて沈んでしまった。

「あん……っ、おっぱいの中、いじられて」

現実の女ではありえないが、乳房の中にある敏感な神経を刺激したようだ。

「はんっ、じんじんして、気持ちいい……かも」

和尚は幽霊の娘をベッドに組みしくと、紺色のスカートもろとも白い無地の下着を引っこ抜く。

全裸の少女を狭いベッドに押し倒す。

「ひゃんっ、あーん、いやらしい」

足首をつかんで、ぐいと脚を割った。

「あんっ、いやです。こんなに開かなくても」

血など通っていないはずの幽霊の頬に、赤みがさしているように見える。

和尚は開かせた娘の中心を見下ろした。

「すっかりその気か。きれいにかたちができあがっておる」

雪原のように白い下腹は曇りガラスのようで、シーツの皺が透けている。

その下には雪割草が芽吹くごとく、控えめに色づいた草むらがあった。その奥では女の性器が完全に実体化していた。

男女の行為を強く思念したから、こんなに細かく実体化したのだろう。

処女ならではの幼さを残した薄い縦の谷。

その端には小さな柔粒が顔を出している。

「はっ……ああん、自分で触るのとぜんぜん違います。くすぐったいのに、じんじんして……気持ちいい」

和尚の指が、その太さに似合わぬ繊細な動きで、ぷっくりと実った陰核をくすぐると、娘は腰を振って悶えた。

「もっと淫らに、欲のままに振る舞うがよい。お前さんが残した、現世の未練を消すのじゃからな」

「ふぁ……ぅ、和尚さんの指が動くたびに、わたし……熱くなって、蒸発……ううん。成仏しちゃいそう」

縦長の真珠を優しく撫でるうち、ついには閉ざしていた生娘の門がじんわりと開きはじめる。

雪原でほころんだ梅の蕾を思わせる、生気に満ちた淡いピンク色の器官が男の指を誘っている。

ごく薄い羽根の奥から、つうと蜜が流れ出した。

「みんな、ドキドキする、気持ちいいことをしていたんですね。ずるい」

幽霊は潤んだ瞳で自分の処女地を探る和尚を見つめる。

実体化した身体はまだ冷たいのに、岩戸からにじむ若水は不思議と温かい。

「どうじゃ。奥にはお前の知らない法悦が埋まっておる」

慎重に指を沈めると、膣粘膜がわらび餅のごとく指にねっとりとからんだ。

初の男根を迎える支度が調っている。

「もっと感じたい。男の人を教えて。お願いします」

和尚の指の動きに合わせ、白い裸体が切なげにくねる。

「いよいよ男をくれてやる。成仏したくなったら、ためらわずに逝《ゆ》くがよい」

この世のものならざる処女を貫く決意を固めると、応とばかりに肉の高射砲が仰角で備えた。

和尚は腰を進めると、繊細で柔らかな花弁に先端をあてがう。

ひんやりとした薄肉が熱い筒先を包むのがたまらない。

「それ、入っていくぞ。おお、硬いな、ううっ」

亀頭の大きさに膣口が怯え、にちゅっと蜜をこぼす。なんと泣き虫な処女穴だろうか。

「く……う、ごめんなさい。なんか、壁があるみたいな……もっと優しく。あぁっ、裂けちゃう」

卵ほどもある和尚の先端を呑みこむには、処女の秘穴はあまりにも狭い。

幽霊とはいえ、破瓜の痛みは感じるのだ。

無理は禁物。交合の快感を与えるのが和尚の務めだ。

4

むうッと丹田に力をこめる。

老松のように反っていた極太の棍棒が熱したガラスのように変化し、みるみる細くなる。

これぞ肉弁慶の恐ろしさ。

たんに太く、長く、硬いのなら世界には和尚をしのぐ一物もあろう。だが肉弁慶は強い意志と数えきれぬ女体との実戦を経て、自在に太さと硬さを操れる。

革の貞操帯で閉ざされた、厳格な修道院のシスターが相手でもクロッチ脇から蛇のごとく入りこむ。

貞淑な女の未開拓のアヌスでも亀頭を細くとがらせてたやすく侵入し、しかし窄まりを越えれば極太に戻って腸内を自在に責め、倒錯の快感を与える。

女体攻略の最終兵器、肉弁慶の名に恥じぬ無双ぶりである。

幽霊に破瓜の痛みを与えず、女の悦びを教えられる魔法の肉ステッキだ。

「はあん……和尚様のが当たってる。ん……はあっ、ちょっと怖い」

「男が欲しい、と念じるのじゃ。そうすれば、自然とお前の身体が開く。それ、口に出して言ってみろ」

未通の膣洞に和尚の野太い声が響く。雪肌の娘が、細い脚を震わせてから、おずおずと開いた。

「男の人が、欲しい……です」

みしみしと膣口をきしませながら、穂先を沈める。

男の身体で、最も敏感な肉冠を冷えた薄唇が包む。

「もっとだ。もっと大きな声で」

「あうっ、男の人が欲しいです。中に入れてほしいです。ああっ、広がる」

「続けるのじゃ。声にしろ。自分がどうしたいのか、言ってみるのだ」

くちゅん、と秘穴がゆるんだ。

硬かった膣道がぬるりと和尚を受け入れた。

冷えたアイスクリームに熱したスプーンを埋めるような感触だ。女を貫いたという快哉《かいさい》が和尚の肉軸を震わせる。

「ああっ、入ってくるぅ。和尚さんの大きいの……くうぅ、欲しいです」

もっとも狭い部分が、みち、みちと広がっていく。熱い肉茎が、冷たい娘の中心を割り広げていく。

「和尚さんが欲しいっ、ちょうだい。入れてください。わたしを女にしてっ」

娘が叫んだ瞬間、蜜がどっとこぼれ、柔らかな襞が肉茎を歓迎した。

「ああーっ、熱いっ、おチ×チンが熱いです」

のけぞる娘の首筋の、なんと美しいことか。

和尚は男の楔《くさび》を娘に打ちこむ。男を知らずに命の炎を消してしまった幽霊に生気の注入棒を穿《うが》つ。

「これが男の人なのね。ああん、とっても素敵」

「ふふん、もっとじゃ。もっと狂え。これが男の味じゃ」

まだ処女膜は残っている。和尚は肉弁慶に気をこめる。

突き入れるときには亀頭のふくらみを小さく、ぷりんとふくらんだ純潔の証である粘膜の峰を傷つけぬよう、肉茎を細く絞ってゆっくりと進ませる。

「ほ……ああっ、熱い。おなかの中で……暴れてるぅ」

最奥に突き当たったところで、先端をふくらませて膣道を探り、反った肉冠で膣壁のざらつきを撫でて、娘の性感を引きずり出す。

太さも長さも自在な肉弁慶だからこそできる大技だ。

「あーんっ、和尚さん、気持ちいいよぉ。中がすごいぃ」

波が引くように抜けていくときは、茎全体をふくらませて、細かい襞のひとつひとつを撫でていく。

「処女を散らさぬまま、極楽に送ってやろう」

花弁の縁から抜けるぎりぎりまで退いたら一拍休み。膣口が安心して柔らかくなったのを確かめ、次はねじりながら侵入して膣道を溶かす。

「ひ、はひいいっ、わたしの身体なのに……ぜんぜん言うことを聞いてくれないの。びくびくしちゃうっ」

娘が大胆に脚を開いた。

百合《ゆり》の花びらにも似た膣口から、とろりとこぼれた処女の花蜜が小さな尻をぐっしょりと濡らしている。

やがて、処女の関門すら柔らかくほぐれてくる。

細身に絞っておいた肉茎に、ゆっくりと血流を送り、海綿体を太らせる。

「ほれ、お前の子壺に届くぞ。む……こりこりの穴だ」

亀頭がこつこつと幽霊の子宮口をこづく。

「ひんっ、ああん……お尻が浮いちゃう。あーん、なんだか軽くなって」

幽霊だから、妊娠はできない。

だが処女の子宮は、この世に残した未練を断ちきろうと懸命に快楽を貪《むさぼ》ってみせる。なんとけなげな器官だろう。

「渇きを癒《いや》してやろう。それ、男の露だ」

とろりと先走りを子壺の口に含ませる。

こくん、こくんと女の柔袋が男の味を吸う。

「ん……ああ、和尚様のあったかいおつゆが沁《し》みてる。不思議です。おなかの中が幸せになって」

子宮口をくりくりと亀頭の先でこねてやる。

何度も繰り返せば、処女だろうと幽霊だろうと、快楽に膣道がくねり、花蜜がじゅんとあふれて肉茎を濡らす。

「はっ……はあっ、すごいの。これがエッチなことなんですね。頭が真っ白になる。溶けちゃいますっ」

結合部からじゅぷっ、ちゅくっと淫水の泡が漏れる。

安物のベッドがきしみ、シーツが波打つ。

「くうっ、受け取れ。現世のワシから霊のお前に与えられるのは喜悦だけじゃ。存分に喰らえっ」

和尚は抽送のリズムを速めていく。

「ごりごりして。もっといじめて。わたしの中をぐちゃぐちゃにかき混ぜて」

はしたなく叫びつづける幽霊。

「ああ、混ぜてやる。この世の未練と一緒にかきまわしてやるっ」

和尚の激突きを受け止めて、亀頭にかぶさった柔軟な子宮口が、恭順の涙をはらはらと垂らす。

「おおうっ、たっぷりと吸え、ワシの精で乱れるがよいっ」

「あーん、内側がおかしくなってますぅ……っ」

悪鬼の形相で処女霊を犯しつづける黒然和尚。どちらが化け物やらわかったものではない。

「どうだ。男にぶちこまれて狂う気分はどうじゃ」

肉茎を引きちぎらんばかりの膣絞りに、和尚は必死に耐える。

蜜まみれの秘穴が震えた。

「ああっ、なんか、変なのが来ますっ」

和尚の腰が激しく揺れ、雄槍が子宮を歪ませる。

「おひ……ああっ、遠くなっちゃう。和尚様のおチ×チンでふわふわして……飛ばされちゃうっ」

和尚の身体を持ちあげるほどに娘が激しくのけぞった。

「くうっ、うう……っ、極楽マ×コめ。なんという生意気な……おおうっ、逝かせてやるぞっ」

百戦錬磨の和尚といえども、処女霊の膣道の歓待に絶句する。男根を法悦が包み、全身が甘く桃色に染まる。

「はんあああっ、いい。気持ちよすぎてわかんなくなるっ」

びくん、びくんと身体を飛び跳ねさせる。

少女の腰がベッドから浮いた。

「ほおおうっ、あひいいっ、おチ×チン、大好きになります……忘れません」

浮いたのは尻だけではない。冷たい汗に光る霊の背中がシーツから離れ、巨体の和尚ごとふわりと宙を舞う。

霊が浄土に旅立とうとしているのだ。

和尚はその手伝いに、ベッドから数十センチも浮いたまま、がつがつと膣道を掘削する。花蜜が際限なく垂れてシーツに点々と染みができる。

「やっ、すごい。わたし、逝く。逝きますぅっ」

正常位でつながったまま、ベッドから浮きあがった、男女のうめきがホテルの部屋に響きわたる。

「この世の涅槃じゃ、さあ……浄土に送ってやるっ」

渾身のひと突き。

肉弁慶の柄が爆発した。

どくっ、どくりっ。

和尚の浄霊汁がどっと尿道を広げ、幽霊の膣奥を真っ白に染めていく。

「逝くよぉっ、ああん……好き、和尚様、大好きぃ」

娘は舌を出して、和尚の口づけを求めた。和尚もそれに応える。

だが、舌に触れるものはなかった。

「は……ああっ、ぜったい忘れないから。一生……忘れないんだから」

唇を突き出して甘えた声を漏らす少女が和尚の口を吸い、瞳を潤ませる。

「おおう、このまま浄土に逝くのだっ」

連発の精を少女に注ぎ、和尚は肉槍を繰る。

「は……ああん……うれしい」

目の前にいるはずの、抱きしめている身体の色が薄くなっていく。

カラーの画像が白黒になり、揺らいで小さくなる。

やがて黒かった影の部分がグレーになり、白くなって透けていく。

娘の身体の手応えもなくなっていた。

和尚を浮かべていた、目に見えぬ浮力も消えて、ゆっくりと巨漢はベッドに着陸する。

「……ありが……」

最後に残ったのは、娘の声だけだった。

「……ほう」

ビジネスホテルの狭いシングルルームだ。

浮いていた和尚の裸体は、いつの間にベッドに戻ったのだろうか。

和尚はゆっくりと立ちあがった。

すでに霊の気配はない。

蛍光灯が和尚の頭を照らす。

「あやつ、あっさり成仏しよったか」

菩薩形《ぼさつなり》の笑顔だけは覚えている。

どこか懐かしい瑞相だった。

「さて……な」

和尚はたっぷりと放ったばかりの肉弁慶を従えて立ちあがると、小さなデスクに置いた馬革のアタッシュケースを開いた。

オーダーからあがったばかりのシルクのワイシャツを取り出す。カフスボタンはトルコから届いたばかりの、ビンテージカメオの加工品だ。

「まだ、間に合うようようじゃな」

日付が変わるまで、まだわずかに余裕がある。どうやら霊との交合の間、時間は止まっていたようだ。

「ふん。もう少し抱いてやりたくもあったが」

消えてしまったものは仕方ない。

窓の外では、無数のネオンが和尚を誘っていた。

都会の夜はまだ続く。肉弁慶が闘いに備えてじんわりと熱を帯びた。

第六章　尼僧の秘唇

1

「本日は突然うかがいましたのに、お時間を作っていただき、まことにありがたく存じます」

黒然和尚の前に正座し、鈴の音のような声とともに深々と頭を下げたのは、まだ二十代の尼僧だ。

きれいに巻いた白絹の頭巾《ずきん》に、木綿を山野草で染めた、質素な水色の僧衣。仏門に帰依した者が化粧などするはずもないのに、磨いた貝殻のごとく白い肌に、墨をすっと引いたような細眉。切れ長の目が澄んでいる。

清楚《せいそ》という言葉は、まさにこの光賢尼《こうけんに》のためにあるのではないか。女については百戦錬磨の黒然ですら、この若い尼僧と対峙《たいじ》していると、魂から黒いものがぬぐわれていくように思う。

「硬くならずともよかろう。ワシもそなたも、もとの宗派は同じ、同門の徒ということになるからの」

本尊を背にして座る和尚は、いちばん気に入っている、スコットランド製のメリノ地を使った袈裟を身につけている。だが、光賢尼が生まれ持った、清流のごとき美しさには良質のウールの輝きも消えてしまう。

同じ県だが西と東、互いの寺は離れている。光賢尼が修行を重ねている尼寺は山深い地域にある。街はずれにある黒然の寺を訪ねてくるのは珍しい。

本堂を囲んだ障子に、小さな影が映った。

「お茶が入りました」

小さな声と同時に、すっと障子が開く。

高さ六十センチほどのフランス人形が立っている。薄い陶器の白い顔に、精緻な細工を施された青いガラスの瞳が午後の日差しを浴びて光る。

ビスクドールが着ているのは、日本人形に着せられていた振袖だ。

無機質な表情のまま湯呑を置いたおもちゃの盆を両手で持った人形が動き出した。ゆっくりと、座っている光賢尼の前に茶を進んでくる。

「西洋の古いからくり人形じゃよ。便利に使っておる」

以前に和尚が浄霊した、中世の小国の王女、カトリーヌ・ド・アンターナの霊が詰まったフランス人形だ。

カトリーヌは和尚にだけ聞こえるように、小さく舌打ちした。

「便利とはなんじゃ。下郎の分際でわらわを使用人扱いするとは」

せっかく浄霊してやったというのに、この東洋の荒れ寺のどこが気に入ったものか、蔵を占拠して居着いてしまった。しかも、態度が大きい。人形に憑依しようが、小さくなろうが、中身は強権的な王女のままなのだ。

「しゃべるな。まず、客に茶を頼む」

「カタカタ、カタ……」

すり足で進むカトリーヌは、からくりが動く音までは再現できないので、腹話術のように口中で声を出している。

「まあ。なんとかわいらしい」

盆から茶を受け取った光賢尼の表情が、ぱっと明るくなる。悩みを抱えた尼僧もまだ三十前の若い女なのだ。

「ありがとう。あなたも素敵よ」

カトリーヌは頬をゆるめ、王女の貫禄で鷹揚《おうよう》に笑った。

「えっ」

突然、生きているような笑顔になった人形に、光賢尼が驚く。

(馬鹿者。人形の演技をせんか)

和尚が咳払《せきばら》いをすると、カトリーヌはいまいましそうに無表情に戻った。

空になった盆を持ってターンし、カタカタとつぶやきながら去っていく。

「それで……相談というのは」

話題がカトリーヌに戻らないように、和尚は光賢尼に問う。

「……毎日なのです。日暮れになると、どうしようもなく」

よほど恥ずかしい悩みなのだろうか。尼僧は目を伏せる。

「安心するがよい。拙僧も仏門に入ったとはいえ、まだ煩悩ばかり。人は恥と後悔ばかりでできているものじゃ」

百八つ程度では利息にも足りない煩悩和尚がしたり顔で説く。

光賢尼は、黒然の寺に来るまでに思い悩み、最低限の果実と水のみを摂《と》って十日の間も結跏趺坐《けっかふざ》したものの、悩みは消えなかったと告白した。

「どうしても、身体を抑えることもできず……ああ、あさましい」

消え入りそうな声で嘆き、若い尼僧は手の甲で口を押さえる。

禁欲、そして感情をあらわにしないことを旨とする尼僧が悲しげに、正座した背すじを崩す姿が艶めいている。

「うう……仏門に帰依した者にはあるまじき……はあっ、いけませぬ」

ついに、光賢尼は突っ伏してしまった。

白い頭巾を畳に擦りつけて身体を震わせる。ちゅく、くちゅんとかすかな水音が聞こえてくる。泣いているようだ。

我が身の災難を思い出し、体温があがったのか、光賢尼の頭巾の隙間から、麝香《じゃこう》を思わせる、ねっとりした女の匂いが漂ってきた。

ずくんっと、袍裳の奥で褌が苦しくなる。

「ホホホ。この女が飢えているのが、お前みたいな生臭坊主にはわかってしまうのね」

突然、女の声が本堂に響いた。

伏せている光賢尼が、びくんと全身を硬直させる。

「そうだよ、坊主。この女はね、打ちひしがれた身体を装っておきながら、あさましく昂っているのよ」

今の声は、明らかに光賢尼のものだった。

「ああ、いやです。退《の》いて。わたくしを辱めないで」

震える光賢尼の声は、突っ伏した頭巾の中から聞こえてくる。

「ククク、辱めないで？　恥ずかしいのはお前の身体でしょうに」

一段低いが、こちらも光賢尼の声に間違いない。だがその声は頭巾の中ではなく、乱れた法衣の襟から漏れてくるようだ。

「それ、どんなに淫乱な身体か、見せつけておやりッ」

怪しい声と同時に、光賢尼は畳の上でごろんと転がった。

「あうぅ、やめて。ああ、黒然様、お救いくださいまし……っ」

あお向けになった光賢尼は、犬が服従を示すように両脚を広げていく。

だが自身の意志ではないのは、腕を伸ばしてつかんだ膝を必死に閉じようとしていることで明らかだ。

「後生です。見ないでください。はああ、だめ……だめぇぇ」

水色の僧衣がばっと開いた。白足袋を履いた足をV字にしての大開帳だ。

「う……これは」

黒然和尚の眉がぐっと寄った。

光賢尼の法衣の股間は、まるで小水を漏らしたようにぐっしょりと濡れていた。水色の生地が濃紺に染まり、磯《いそ》にも似た濃厚な発情臭が広がる。

「ヒヒッ、脱ぎな。坊主に、情欲の汁を漏らした淫穴をさらすのさ」

声は聞こえる。だが、あお向けになって天を仰ぐ光賢尼の口は動かない。

尼僧の手がぶるぶると震えながら、腰帯を解く。法衣の合わせを開き、浅黄《うすき》の襦袢の紐にかかった。

「いやっ、止まって。黒然様、お願いです。この手を止めて」

今度の声は、たしかに光賢尼が半開きにした口から聞こえた。

発情の花蜜は厚い法衣にまで染みていたほどだ。

肌に直接触れる襦袢は淫水に漬けたようにぐしょ濡れで、浅黄の生地が恥丘に貼りつき、黒い女の茂みが透けていた。

「どうだ、坊主。最後の一枚はお前が剥いでもいいんだよ」

声に誘われるように、黒然和尚は立ちあがった。

目は爛々《らんらん》と輝き、転がった尼僧を夕日から守るように仁王立ちになる。

豪華な法衣ですら隠されぬ、極太の肉弁慶は褌の中で鎌首をもたげる。

「ハ、ハハ。老いた坊主ですら、淫乱なこの女の蠱惑《こわく》には負けるはず」

妖しい声に従って、老僧の大きな手は光賢尼が身にまとった薄布に触れる。

「ああ、黒然様ですらこの妖魔の言葉に逆らえないなんて。わたくしは……もう、あああ」

性器をさらされると覚悟した光賢尼は、天を仰いで非情に泣く。

次の瞬間。

「叱ッ」

黒然和尚の一喝が本堂を揺るがせた。

和尚の手は光賢尼の襦袢ではなく、頭を覆った頭巾を奪った。

「あああっ、黒然様」

頭巾を剥がれた尼僧があわてる。

「クヌッ、老いぼれ坊主がッ」

剃髪した尼の頭は、磨いた玉のごとく滑らかで美しい。

日に当たらぬ青白い頭皮には一点の曇りもない。小さな耳が羞恥で赤く染まっている。

だが、両耳の間には人としてありえぬものがあった。

「くそ坊主……気づいていたのね」

低い声を漏らしたのは、真っ赤な唇だった。

清らかな尼僧の後頭部には、もうひとつの口があったのだ。

紅を塗りすぎたように赤い唇は厚ぼったく、口角には締まりがない。

「ああ……これが悩みであったのです。なぜわたくしがこのような仕打ちを」

光賢尼は両手で顔を覆い、滂沱の涙を流している。

「フン。知られたとて同じよ。お前は夜な夜な女陰を濡らして指くじりをやめられぬ、仏の道に反した畜生女。そして畜生女に昂って男根を勃てているくそ坊主も哀れな畜生男よ」

裏面の唇は興奮したのか、涎を垂らしながら、光賢尼と黒然をあざける。

和尚は驚く様子もなく、赤い舌をちろちろととがらせ、唾を飛ばす裏面の口を見下ろしている。

「二口女《ふたくちおんな》か。生まれつきではあるまい。妖魔が憑いたか、誰ぞ仏法を嫌う無法者に送りこまれたか」

「ハハ、もうせんないこと。それに坊主、キサマが見たいのはあたしじゃなく、こっちの口のはず……それッ」

裏面の口のかけ声に操られて、光賢尼の手が襦袢の紐を解く。

「ああ……お許しを、お導きを、お救いを……黒然様」

自らの意志に反する手を止められず。尼僧は泣きながら衣を脱ぐ。

「もっといやらしくお脱ぎよ。坊主が指一本も触れずに精を漏らすほどにさ」

「いや、いや。いやあっ」

最後の一枚、襦袢が滑り落ちる。股間と生地が剝がれると、にちゃあっというなんとも淫らな水音とともに、薄濁りの花蜜が糸を引いた。

2

「ほら、坊主。この女の女陰を見ておやり。とろとろと助平な汁を尻の穴に届くほど漏らして、あァ、くさい、雌くさい。尼といっても頭の中は男に抱かれたくて蕩けているからねェ」

裏面の口が、淫らな口上を並べる。

「ああ……いやです。やめて。脚を開きたくない。さらさないでください」

表の光賢尼は涙を流しながら、自分の内側にいて、細い脚をVからMのかたちに動かそうとする二口女に懇願する。

(二口女は光賢尼を犯させたがっているのか。なんとする)

霊感和尚は、むうと首をひねる。

磨いた柳の枝のように細く頼りない脚の奥には、楚々とした陰りがあった。姫口を守るにはあまりにも薄い茂みを縦に割って、桃色の陰裂がある。

「ひどい。なぜじくじくと濡れるの。身体が熱いの。もう消えてしまいたい」

青頭の清楚な尼が、はらはらと涙をこぼしながら開脚し、夕立のあとの朝顔のごとく濡れた紅色の陰裂を見せてくる。

「わかっている。そなたは操られているだけじゃ。すぐに策を講じよう」

口でなだめつつも、当然、勃起はしている。

男の脳と男根の脳は別に働けるのだ。

「ホホ。見ィや。大粒の核までぷっくり育って。この尼は御仏に仕える身体でありながら、数珠を操る指でこの実をまさぐっているのさ」

裏面の口が哄笑《こうしょう》する。目鼻もないのに、なんと頭に来る表情だろうか。

下品な赤い唇を割って、南国の毒蛇を思わせる長い舌が踊る。

ガチガチと噛み合わせる上下の歯は銀色がかって大きく、先がとがって、触れただけで切れてしまいそうだ。

「ああ、言わないで。黒然様、お耳を塞いで」

光賢尼が恥ずかしさに身をよじると、上半身に引っかかっていた法衣や襦袢も落ち、生まれ落ちたままの姿に戻ってしまった。

日が落ちる寸前の、橙《だいだい》の光に照らされた尼の裸身が汗に濡れて光っている。

お椀《わん》を伏せたようなまるい乳房の先に、桜の蕾を思わせる乳首がちょんと飾られている。

世間の女とは違い、男と隔絶された世界に生きている尼ならではの、少女の幼さを保っている乳房だ。

「後生です。せめて乳を隠して。脚を閉じさせて」

だが、光賢尼の身体はもう彼女の自由にはならない。

乳首はつんととがって、乳暈もふくふくとふくらんで男を誘う。

M字に開いた脚はますます開き、姫口の縁からあふれた花蜜は陰裂を伝い、きゅっと閉じた薄紫の肛門まで濡らしている。

「クク、男が欲しゅうてたまらぬと涎を垂らして、なにをいう」

二口女というものは、古来の文献にも登場する怪異だが、その正体についてはいくつものかたちがある。

妖怪としての二口女は、人里離れた杣屋などに暮らし、道に迷った旅人や修行僧を、表の顔で言葉巧みに連れこむ。最初は優しい女の振りをして、夜になると手管を尽くして骨抜きにしたあげく、裏面の二口で喰ってしまう。

妖怪の二口女が持つ表の顔や口は、人間を信用させる擬態だ。二口女を退治すれば、もちろん表に現れていた人間の女も消えてしまう。

他方で憑依としての二口女は違う。

人間の女に取り憑き、その女の夫や恋人などを裏面の口で巧みに男を欺く。財産を失わせたり、精を最後の一滴まで搾り、生涯房事ができぬ腑抜けに変えたりもする。多くは面識のある女や、その家族に恨みを持つ霊が取り憑いて二口女となるようだ。

この場合は霊障であるから二口女さえ浄霊すれば、もとの女は人間としてまっとうに戻る。

光賢尼のうなじで涎を垂らしている裏面の口は、後者の霊障であろう。

いずれにせよ、伝え聞く二口女は、男に恨みがあるというのが共通項だ。

怪異について書かれた文献にも弐喰《ふたく》血女《ちおんな》との当て字で「此《こ》ノ怪《もののけ》、男衆《おとこ》の根《つび》ヲ喰《く》ラフ也」という記述がある。

二口女は憑依する相手の女ではなく、男に復讐《ふくしゅう》したいのだ。

簡単に相手を死なせるのではなく、狂わせ、もてあそんでから殺す。

同じ肉食の生物であっても、鮫《さめ》が獲物を瞬殺して即座に食うのに対し、鯱《しゃち》は獲物を半死半生のままもてあそび、いたぶってから食う。

二口女は、男をいたぶることを無上の快楽とする鯱のようなものだ。

ならば、和尚に考えがある。

「たしかに、たまらない穴じゃな。僧をも破戒させるわい」

舌なめずりして美尼を見下ろすと、帯を解く手も見せず、電光石火の早業で鮮やかに服を脱ぎ去った。

喜寿とは思えぬ筋骨隆々とした体軀に、最後に残ったのは白絹の褌一丁。

和尚がむんっと丹田に力をこめる。

ばつううぅんっと絹の切れる音が本堂に響く。

「ひいっ」

「あうッ」

光賢尼の二口が同時に悲鳴を漏らした。

褌を弾き飛ばして現れた一尺近いの雄肉は、磨いた黒檀もかくやという肉竿を弓なりに反らせ、先端には真紅の宝玉を戴《いただ》いている。

肉弁慶の見参。まさに降魔の黒太刀である。

「お前の女穴を見て、こう仕上がった」

ぶるんと空を切った肉竿に、裏面の口がヒヒヒと下卑た笑いを浮かべる。

「フフ。和尚がその気になってくれたよ。うれしいだろう」

「いけません、黒然様。わたくしは妖魔に魅入られた汚れた身。このような女をお抱きになっては、きっと霊障が移ります」

肉弁慶の太さに恐れをなしたか、尼の唇は青ざめて震える。

「男を狂わせるそなたの穴を塞いでやるのじゃ。なんと好色そうな、濡れた肉の扉に桃色の粘膜じゃ。とろとろに濡れたとがりもたまらぬ」

全裸になった老僧が、一本槍を提げて、ずいっと歩みを進める。

「望みどおり、犯してやろう」

M字に開いた光賢尼の前に腰を落とす。

「ハハハ、それでこそ役立たずの生臭坊主じゃ。この尼の雌穴をさんざんに嬲《なぶ》るがよい。光賢尼とやら、同門の僧に貫かれてうれしかろう……んッ？」

ずぼうりっ。

「ぬッ、違うッ、ほ、ほぐううッ」

肉弁慶がぐっと貫いたのは、光賢尼の姫口ではなかった。

低い位置から猿臂《えんぴ》を伸ばして立ちあがる勢いで、極太の黒槍を二口女の唇に突きたてたのだ。

驚いたのは裏面の口だ。

「ぬごううッ、太い、やめッ、苦しい。熱い。硬い。苦いッ」

いきなり一尺の肉竿を半ばまで埋められ、涎を垂らして喘ぐ。口だけしかない怪異だが、もし顔があれば目を剝き、鼻を広げ、脂汗を垂らして逃れようと必死であったろう。

「んぬふううッ、キサマ……食いちぎってくれるッ」

一度は雄肉の攻勢に怯んだ二口女だが、和尚の腰が止まった一瞬に、がばりと大きく口を開き、鮫のようにとがった歯で威嚇した。

だが、和尚は怯まない。

「勝手に食いちぎればよい。だが、お主はそれで満足できるか」

「なにッ」

老獪和尚の策であった。

「二口女は男根をもてあそび、いじめ抜いてから殺すのが流儀だろう。最初のひと嚙みで、その玩具を壊してよいのか。ん？　どうした。どうだ？」

ふたたび、肉弁慶の抽送がはじまる。

にっちゃ、ぬっちゃと妖怪の口を使ったイラマチオだ。

「ほれ、嚙んでみよ。老人の男根などお主には麩菓子《ふがし》ほどの苦労もあるまい」

だが、和尚の作戦はある意味失敗だった。

「んご……ッ、おふ……ッ、ひぃッ、無理ィ」

二口女の歯は鋭いが、古今東西の女を貫き、踊らせてきた肉弁慶の硬さにかなうものではなかったのだ。

「んふッ、お願い。休ませ……ほぐうゥ、喉……だめェ」

喉レイプだ。ごっちゅ、ごちゅっと妖怪の喉を犯し、舌を潰す。

（悪くない。いや、なかなか愉しめるぞ）

刀のようにとがった歯先が、鋼のように硬い肉茎を挟むのも、長い舌が亀頭を押し返そうと亀頭にからむのも、人間の女とは違った刺激になる。

「もう……だめッ」

ぽんっと和尚の雄肉が弾き飛ばされた。

光賢尼の青々とした禿頭には二口女の痕跡もない。

浄霊に成功したのであろうか。

和尚は射精に至らずに、頭をぶるんと振る肉弁慶を持てあます。

「おのれ、坊主……今度はどうじゃッ」

ふたたび、妖怪の声が聞こえた。

「ひいっ、黒然様、わたくしの……ああ、秘めどころが」

M字開脚の光賢尼が悲鳴をあげる。二口女の妖力はまだ消えていない。

「ヒヒヒ、ここだ。あァ、雌くさい。ぬるぬるして、なんと淫らな味よ」

妖しい声は、若い尼の股間から発せられていた。

和尚は光賢尼のM字の前にひざまずく。

「なんと……キサマ、動けるのか」

桃色で控えめに潜んでいた尼の陰唇が大きく発達していた。

鶏冠《とさか》のような陰唇の縁は毒々しい紫色に染まって、食虫植物の花弁のように、甘い香りを放っていた。

奥まって密《ひそ》やかだった膣口はぱっくりと開き、濃厚な雌蜜を垂れ流す。

「どうだ、坊主。女犯《にょぼん》の誓いを破って、女を犯せるかッ」

膣穴がぱくぱくと開いて嘲笑《ちょうしょう》する。

僧侶が女を犯す禁を知っているのだ。

ただし、普通の僧侶の戒律である。

「ぬん」

ずちゅうっ。くぽっ。

黒然和尚はかけらもためらわず、膣口に憑依した二口女を貫いた。

「ほひいいッ、なにをする……んぬううぅ、太いッ」

和尚にとって、犯せぬ女穴など地球上にはない。

「ほほう。口とは違って、中が温かいのう」

憑依する場所によって体液も異なるようだ。裏面の口の唾液よりも濃厚な雌蜜をのっちゅ、ぐっちゅとかきまわして二口女の感触を楽しむ。

「はあっ、黒然様、男女の契りを結んでいただけて、光賢尼は幸せです」

自分を救うために黒然が破戒僧に堕ちたと信じ、尼僧ははらはらと喜びの涙を落とす。光賢尼が尼僧で本当によかった。世間にいれば、すぐ男に騙されてしまっただろう。

弓なりの肉茎で膣道を掘り、二口女の奥を探る。

「ぐぬううッ、奥を……突くなァッ」

膣口を剛直で塞がれているから、妖怪の悲鳴は弱々しい。その微弱なビブラートが竿根の陰嚢を震わせるのが和尚には心地よい。

「おお、こりこりした壁に当たったぞ。これが妖魔の子壺の入口か。どうだ。涅槃に送ってやろう」

ごん、ごんと太い肉の杵で雌の臼《うす》を突く。

「ほひ、はひ……ッ、だめッ。イッたら消える。消えたくないッ」

二口女が悲痛に叫ぶ。

(なるほど、絶頂すると消えるのか)

早めにイカせては、おもしろくない。

抽送の速度を落とし、ねじるように膣道をこねてやる。

「んひ、ひああッ、それもだめッ、核に当たる。擦れるゥ」

喜寿のシルバー陰毛が、二口女の大粒真珠をさわさわとくすぐっていた。男にはなんの快感もないが、敏感な雛尖を無数の筆で撫でられるような刺激は女にはたまらぬものらしい。

びりびりと膣口が震え出した。絶頂は近い。

「いやあ……ッ、イキたくない。はああ……ッ、負けないッ」

肉茎の根が膣口にぎゅっと絞られる。

「ぎひ……ひいいッ、壊れる。潰されるッ」

今の膣口は二口女の歯にあたる部分が変化《へんげ》したもの。強烈な収縮は、妖怪の断末魔なのだ。しかし、鋼の肉弁慶には極上の刺激。

「おお……いいぞ、殺気立つほどの締めつけがたまらん」

必死で剛肉を嚙まれてこそ、雄の武具に愉悦が走る。

「ぐ……うッ、まだ、あと、ひとつッ」

うめくように、膣口が震える。

「んっ、今度はなんじゃ……おおっ」

蜜道の景色が変わった。肉茎への圧力が弱くなる。

「は……ああん、黒然様、わたくし……さっきからずっと極楽に……んんっ」

正常位で貫かれた光賢尼が、本来の声で悶える。

「んっ、ああ、また……またイキます……黒然様、素敵です」

尼僧は哀しみの涙に代えて、随喜の涙をこぼす。

黒然は尼の首筋に顔を埋めるが、二口女の痕跡は消えたままだ。

「フフ。また逃げられたよ。さあ、坊主、どうするのさ」

くぐもった声が、膣道を支配した肉弁慶の根元、ふてぶてしく実った雄の連玉に響く。

「ひ……いやあっ、お尻が……むずむずと」

あろうことか、二口女は光賢尼の肛門に憑依したのだ。

「坊主、キサマが簡単に女犯の禁を破るとは思わなんだ。だが、どうだい。ここを犯せば、あたしはまた女の頭に移る。頭を貫かれたら、雌穴に棲む」

陰裂の奥に陣取った二口女がしゃべるたびに尼の括約筋が引っぱられ、肉弁慶をきゅっきゅと優しく締める。なかなか典雅な味わいではあるが、楽しんでばかりはいられない。

「さァ、どうする。尼の尻を犯すか。だが、また逃げてやる。そうなれば尻に極太を挿れられた尼は正気に戻る。次は頭。そして、雌穴。堂々めぐりだの」

勝ち誇ったように、薄紫の窄まりはぷふ、ふふふと笑う。その吐息が陰嚢をくすぐって、激しい抽送の合間のクールダウンにはぴったりだ。

二口女、ただの憑依する怪異にしておくには惜しい逸材である。

「ふん。尻尾を追う犬と同じで、いつまでも追いつかれぬというわけか」

肛門に取り憑いた二口女に老僧の怪しい笑いは見えなかった。

「カトリーヌ、震独丸《しんどくまる》を頼むっ」

男女の営みの湿気がこもる本堂に、大音声が響きわたる。

3

たたん、たんっと寺の廊下にスキップみたいな足音が響く。

足音が止まると本殿の障子がさっと開き、赤子のような影が跳んだ。

「わらわもまだ見ぬ伝説の槍《ランス》、託しますぞっ」

王女の霊が宿ったフランス人形が、自らの身長ほどもある桐箱を投げた。

カトリーヌはどうも台詞まわしが大げさで古くさい。

数世紀も昔の王女だがら仕方ないと思っていたが、どうやら最近、和尚の留守に観ている異世界アニメとやらの影響らしい。

「震独丸、来いっ」

正常位で光賢尼を貫きながら、宙を飛ぶ桐箱に命じる。

和尚の一喝で、箱にかけられた黒い紐が自ら意志を持ったように解けた。

蓋が空中ではずれ、中から洋傘の柄を思わせる「つ」の字形で、黒光りする淫具が飛び出す。

男根を模した張形だ。

「おお、なんという下卑た姿。おぞましいこと」

宙を舞うグロテスクな淫具に驚いたカトリーヌが真っ青になる。

江戸幕府の三代将軍在位の頃に献上されたと伝わっている。

シャム国から伝わった水牛の角を削り出した深い黒の幹に、精液を飛び散らせたように白い斑《まだら》が散っている。

最初は飾り物であったが、将軍が高齢となった頃、手つきの中臈《ちゅうろう》に用いさせ、その艶美な姿を閨房《けいぼう》の刺激にしたという。

大奥《おおおく》で将軍のお手つきとなる女中はわずかであり、さらに愛妾となれる者はごくひと握り。処女のままお家下がりとなる女がほとんどであった。

惨《みじ》めなのはお手つきとなりながら、将軍からの興味を失った女だ。

男の味を半端に覚えさせられたまま、熟れどきの身体を女ばかりの世界で持てあまして暮らすことになる。

家柄もよく美しい娘でありながら、男日照りに袖を噛む日々を続ける女中たちが目をつけたのが、この水牛の張形であった。

大奥の女たちは独り寝の布団の中で、湯浴みの合間に、さらには女どうしで慰め合うのに用いた。

当時の張形はさまざまな材料があり、最上とされたのは薄い鼈甲《べっこう》で作られた、しなやかで繊細なものであった。

水牛の角を削って作られた中空の張形は角先生《つのせんせい》と呼ばれ、本物の男根のような柔軟さには欠けるものの、頑丈であった。

やがて数千の女たちから数万回の淫水を吸わされた張形は付喪神《つくもがみ》と化した。

付喪神とは道具が長年――一節には百年以上――人間に使われるうちに妖怪と化すものだ。台所道具や刀剣が知られるが、女たちの情念と肉欲の露を吸った張形が付喪神となるのはなんら不思議ではない。

時を経て元禄《げんろく》時代にはこの硬いはずの細工物が女中の膣道に自ら入りこみ、からくりじかけのごとく、くねくねと動き出すようになった。妖しいとはいえ、女が得られる快楽は硬い淫具とは比較にならない。

いっさいのからくりもないのに震える不思議な淫具は、女の悋気《りんき》や癇癪《かんしゃく》を治めると「丸」を加えられ震独丸と呼ばれるようになったのだ。

明治維新のあとは大奥から好事家であった華族の手に渡り、珍奇な伝説を持つ淫具として飾られていたが、毎夜のように女を求めて低い振動音を響かせることから高僧に封印されてきた。黒然和尚がこの震独丸を引き受けて、カトリーヌと同様、寺の蔵に放りこんだのは三十年ほど昔だ。

宙を裂いて飛来した震独丸を片手で受け止め、和尚はにやりと笑う。

「千両役者の出番じゃな」

聖火ランナーのトーチよろしく、淫具を高々と掲げる。

震独丸の「つ」の字の短い側の幹は小さな弧を描き、先端にごく小さな穴があいている。

そして主砲ともいえる長い側の幹は、大きめの男根を模している。

亀頭は小さめで肉茎は裾が太く、先細りの形状だ。土筆《つくし》の化け物のような肉弁慶とは違う。

子宮口や膣道を削るよりも、膣口をごりごりと広げるのに向き、巨根であったと伝わる怪僧、弓削道鏡《ゆげのどうきよう》にちなんで弓削形とも呼ばれる。

大奥でのお手つきが一度きりで男なれしていない者どころか、生娘に用いても快感が得られたという。破瓜の血を吸った震独丸はますます付喪神としての淫猥な動きを身につけたはずだ。

黒光りした偽男根に目鼻など皆無。だが清廉な尼僧の発情臭を感じ取ったのか、肩ならしとばかりに小さめの亀頭がゆっくりと動き出す。

なんの動力もないはずが、じぃこ、じぃこと小さく唸る。これぞ付喪神の実力だ。女の体温や体液を糧に、自らの身をくねらせる。

「ふふ。震独丸が汁に飢えて、身震いしておるわい」

和尚は自分の結合部をのぞく。

正常位で膣口をえぐる肉弁慶の迫力と、そして和尚の手にある震独丸の妖しい動きに恐れをなしたように、二口女が憑依した肛門がきゅっと収縮した。

「どうした、妖魔。めくれた唇がひくついておるではないか」

「坊主、なんのまねだい」

尼僧の肛門から震え声が漏れる。二口女が警戒しているのだ。

「じきにわかる。それ、二穴を明らかにしてやる」

偉丈夫の和尚は腰をすくい、光賢尼の下半身をぐいと曲げる。俗に言うまんぐり返しで女性器と肛門を天にさらすポーズだ。

「ひいっ、恥ずかしゅうございます」

真上から肉弁慶に貫かれた光賢尼が、頬を染めて四肢をばたつかせる。

「我慢さっしゃい。ここからが、もっと恥ずかしい」

極太の肉軸を中心に、和尚はぐるんと身体を反転させる。

まんぐり返しにした女の顔に、男が背を向けて上から突く。砧《きぬた》と呼ばれる上級者向けの体位だ。

和尚が見下ろせば、ずっぽりと肉弁慶を受け入れた結合部の隣に、ひくひくと恨めしそうに収縮する肛門がある。二口女が憑依したせいで放射皺は赤紫に色は濃くなっていた。

膣口からあふれた花蜜を、窄まりの中心にぬっぷりと塗りこめてやる。

最初はかたくなだった粘膜のリングだが、海千山千の和尚の指戯にはかなわずに、じわりとほぐれていく。

「は……ひいッ、指が太い。だめ、それより奥は、いけないいッ」

指と肛肉の隙間から、ぷしゅぅと二口女の悲鳴が漏れる。

花蜜を塗りこめられた肛花が桃色の内壁をぽっかりとさらす。

「そうれ、二口女に供物をくれてやる」

残る手に握っていた震独丸を掲げるや、真上から光賢尼の肛門であり、今は二口女の唇である窄まりにぐいとねじこんだ。

「ほ……あひいいッ。こじ開けられるッ」

先細の淫具は柔軟になった肛肉に沈む。

花蜜の助けもあって、挿入はたやすい。

先細の張形は根元にかけて太くなる。放射状の皺が広がって、赤紫の恥ずかしい外肉、そして、内側の可憐な粘膜がずりずりと拡張されていく。

「おひいいいッ、尻が負けるッ。ああ、あたしの中が犯されるゥ」

肛肉に化けた二口女の悲鳴に、くぽぽっと惨めな空気漏れの音が重なる。

「さあ、震独丸、三十年も待たせてすまぬ。存分に暴れてみせよ」

大奥で二百余年、淫蕩《いんとう》のかぎりを尽くした張形は、女の肛肉に穿たれることも多々あったろう。和尚が命じるまでもなく、じいぃ、じいいっと小刻みな振動で腸壁をくすぐりながら頭を沈めていく。

「おひ、あひ……だめ。広がる。中はおよしッ。ああ、やめて、変になるッ」

磨かれた水牛角の淫具は身を半ばまで沈めてから、ゆっくりと戻ってくる。

黒い極太が若い尼僧の尻の谷間からむりっ、むりっと排泄されていく。

すっかり抜ける寸前、震独丸は頭の段差を肛肉の裏側に引っかけて、じいわん、じいわんと回転をはじめた。人間には不可能な動きだ。

「ほあああッ、まわらないで。んほおおッ、ああ、尻で感じてしまうッ」

窄まりの隙間から二口女の悲鳴が漏れても、震独丸は容赦しない。

「後生だよッ、休んで。休ませてちょうだいッ、はひ、尻が……裏返るッ」

とろとろと腸液にまみれた肛門の粘膜を見せびらかしての懇願だ。

「おお。これはなんとも淫らな景色じゃな」

繊細な女の尻穴が伸び縮みしながら疑似男根に翻弄されている。

「ああん、黒然様、見ないでくださいまし。その穴は……わたくしではないのに、恥をかいてしまいます……ああ、イキそうです」

光賢尼も唇を噛んで首を振る。

腸内を探る震独丸の動きが、粘膜の壁ごしに膣道を埋めた肉弁慶に伝わり、和尚の亀頭が尼の子宮口をこつこつとたたいているのだ。

「黒然様、突いて。犯してくださいませ。わたくし、イッてしまいそうです」

清楚な尼僧のおねだりに、和尚の雄肉がびくんと反応する。

「くあッ、尼めッ、雌穴を締めるな。尻にまで伝わって……ぎいいッ」

腸液をぴちゅっと噴きながら、偽男根に妖怪の肛唇がめくれる。

「どうじゃ、化け物。震独丸に屈して泣いてみよ」

裏穴は黒い付喪神に任せ、和尚は尼の膣蜜を亀頭で浴びる。

「ふあっ、黒然様が奥で暴れています。女の身体がこれほど心地よいなんて、幸せです。もう……もう気をやってしまいます」

若くして仏門に入った、男をほとんど知らぬ膣襞が肉弁慶の迫力に驚いて逃げ惑うのを、和尚は真上から肉の兜《かぶと》の縁で削っていく。

「ひいんっ、奥を……ああ、届く。わたくしの芯に届いて……イキますっ」

甘い叫びを本堂に響かせて、全身を汗で光らせた光賢尼が絶頂する。

びくっ、びくっと膣道が痙攣し、肉弁慶にからみつく。

「はああっ、イッてます。素敵です……好き、好き。黒然様、大好きです」

まんぐり返しの太ももを痙攣させる光賢尼の股間から、ちろ……ちろと浅黄の小水が噴く。なにもかもさらした砧の体位で二本刺しに、尿道もゆるんだようだ。

ふうっと和尚も動きを止める。

肛門の穿つ震独丸もまた、光賢尼の絶頂を邪魔すまいと静かになった。淫具の付喪神の分際でなかなかの紳士だ。

「く……ううッ、く……おのれ……キサマら……許さん」

肛肉が裏返り、薔薇《ばら》の花弁のように惨めに咲いた肛門がうめき、最後の力を振り絞ってぎゅっと縮む。

不意をつかれた震独丸は、黒い胴体をにゅるりと排泄されてしまった。

肛肉は弛緩したまま、すっと色が淡くなる。二口女が移動したのだ。

「おのれ、坊主ッ、もう……死なばもろともよッ」

光賢尼の後頭が盛りあがり、すっと横に割れる。

寺で最初に見たのと同じ場所だが、赤い唇が憤怒《ふんぬ》のかたちに裂けていた。

だが、和尚の顔に焦りはなかった。

尻から吐き出された、腸液と花蜜にねっとりと汚れた震独丸を拾いあげる。

「ふん。やはり妖怪じゃな。礼儀を知らぬ。よいか。男に貫かれたあとはな」

腹に力をこめ、ぬんっと突き出した。

「くぼおおおおおッ」

尻の谷間から、もともとの居場所であった尼の後頭に逃げた二口女。黒然和尚は張形でその唇を割り、ぐいっと喉まで犯したのだ。

本堂に、哀れな妖魔の叫びが響きわたった。

4

「おぐッ、おおォン……坊主め、やめろ……ああ、やめてェ」

アナルセックスに使った淫具で口を犯す。女に対する最大の侮辱だ。

和尚のもとに二口女の調伏を頼みに来るまで、光賢尼は十日間、わずかな果実と水以外を摂らずにいたという。尼の腸内はピンクのガラス細工のように清らかだったが、それでも二口女にとっては肛肉を犯した淫具を食わされるのは屈辱だ。

「それ、もっとゆっくり味わうがよい」

喜寿とは思えぬ和尚の胸筋が、ぐっと盛りあがる。

「おほォ……口の中をこねないで。お許しをッ、せめて、せめて唇だけに」

唇の端から腸液まじりの唾液をだらしなくあふれさせ、歯をかちかちと鳴らして、二口女は懸命に許しを乞う。

「ふふん。お前を愉しませてくれた男根に、たっぷりと舌で礼を尽くせ」

和尚はがぽがぽと水音が漏れるほど喉奥をいたぶり、舌を潰す。

どちらが淫心に染まった妖魔なのか、もはや判別もつきがたい。

「光賢尼どの、いよいよ仕上げじゃ」

絶頂して半ば気を失っている全裸の尼僧を優しく抱くと、脱いだ法衣の上に這わせる。尻を高く持ちあげた、後背位を誘うスタイルだ。

「はあん……黒然様……まだ、していただけるのですね」

頬を染め、まぶたを閉じたまま光賢尼はうれしそうだ。

(よい尻だ。まさに眼福)

二十代で細身の尼は乳房が小ぶりだったが、尻は健康的にまるく育っている。尻の肉は大事だ。痩せすぎの女は尻の谷間が浅く、陰裂がまる見えになって風情がない。和尚は後ろから眺めて谷間が一直線になっている尻が好みだ。

白粉を塗ったように滑らかな尻の肌に手を添えた。

「は……う。恥ずかしいです、黒然様。先ほど、わたくしは……お小水を」

砧の体位で二本刺し絶頂した光賢尼は失禁したのを恥じて悶える。

「二穴をえぐられただけでは足りずに、三穴めからちろちろと甘露を垂らすとは、かわいいものだの」

言葉責めで羞恥をあおると、裸の尼はああ……と喉を鳴らして尻を振る。羞恥をあおられると興奮するタイプのようだ。

女体が火照ると、その熱は憑依した二口女にも伝わる。

「う……こふうッ、苦しいッ、抜いて……ああッ」

尼が顔を伏せているから、剃髪した後頭にいる裏面の口が震独丸をずっぽりとくわえたまま、上を向いている。吐き出したくても、付喪神になった張形は自らうねり、舌根にからみついて口中を犯すのだ。

「そうか。では、震独丸に褒美をやろう」

じい……じいっと頭を振る黒い偽男根を、真っ赤な唇から引き抜いた。泡立った唾液が、先ほど見た光賢尼の膣蜜のように竿を光らせている。

「はあ……ううッ、こんな老いぼれにもてあそばれてッ」

喉を犯されていた二口女が舌を出して呼吸している。ちろちろと動く長い舌は、まるで肥大したクリトリスだ。つるりとして磨いたサンゴを思わせる。悔しさにぎりぎりと嚙みしめるとがった歯は膣口からのぞく襞にも似ている。

「ふん。老いぼれはまだ満足しておらん。愉しませてもらうぞ」

唾液まみれの震独丸を、尻を持ちあげた光賢尼の姫口に当てる。

「ふぁ……黒然様のとは違うけれど、これも……好きです」

老僧の手と肉槍で女の悦びを知った尼僧は濡れた唇で甘える。

「あ……はんっ、入ってきます」

自ら豊臀《ほうでん》をゆすって震独丸を膣道に受け入れていく。

「ん……痺れる。ごりごりして……はうぅ、空いていたところが埋まります」

先細の張形が桃色の若肉を割る。内ももはぐっしょりと濡れていた。仏道の禁忌を破ったという共犯意識で興奮しているのだろう。

偽男根の大部分が没すると、震独丸が身震いした。つの字の短い幹が陰裂の端、光賢尼の陰核に触れた。

「はあああんっ、吸われてますっ。これ……すごい」

震独丸が大奥で使われるうちに会得した技だ。長い竿を膣道に埋めたまま、短い竿の先でクリトリスをバキュームする。

人間の唇よりはるかに小さな吸い口だから可能な責めだ。

「ひゃん、ひゃあんっ、信じられません。また……すぐにイッちゃうぅ」

随喜の涙をこぼす光賢尼の姫口が収縮を繰り返し、淫具を締める。

姫口の動きが括約筋に及び、先ほど震独丸が道をつけた窄まりが呼吸するように開閉する。まんぐり返しからの砧で、肛肉はすでに花蜜まみれできらきらと光っていた。もはや第二の性器と呼ぶにふさわしい。

和尚はボリュームのある白ヒップをつかむと、肉弁慶の先を肛門に当てた。

「は……んんっ、黒然様に……わたくしの穴を、ぜんぶ……さしあげます」

光賢尼がはぁんと色っぽいため息をつくと身体の力が抜けた。ゆっくりと肛花が咲いて、粘膜の壁でにちゃりと花蜜が糸を引くのが見えた。

暗い洞穴に肉弁慶の頭が沈んでいく。

ぷりっぷりの肛肉リングは思いのほか柔軟に育っていた。震独丸の開発が巧みだったようだ。

亀頭が肛肉を限界まで拡張した瞬間は苦しそうだったが、肉冠の裾がぷるりと肛肉を引きこむように沈めば、もう抜けることはない。

「んふ……んっ、前も後ろも、満たされます」

二穴を塞がれた光賢尼が、うっとりした表情を浮かべる。

（この尻は名器じゃ。強からず弱からず、見事な締め具合。柔らかくて平滑な腸壁が亀頭を擦る。手前は冷たく、奥は人肌よりも温かい）

女体の美食家《グルマン》たる和尚も驚く、できのよい尻穴だ。数度の抽送で、もうどっと先走りがあふれる感覚があった。

「はあん、前も後ろも、ああん、感じる小粒までじんじんします」

震独丸が膣奥で待つ子宮口を、小刻みに動く穂先で刺激しているのが、膣壁を介して和尚の肉弁慶にも伝わってくる。

「ん……おひっ、はあぁ、もっと強く。とがったところをいじめてください」

女の法悦が湧く陰核をちゅっ、ちゅっと短い幹の先端で吸われるのも、光賢尼にはたまらないようだ。

和尚も負けじと裏門を掘る。膣の花蜜よりも粘りけの強い腸液をかき混ぜるように、ゆっくりと抽送する。

「すごい。わたくし、獣になって……はああっ、イキそうです」

亀頭が抜ける寸前まで引き、内側から肛肉を刺激してやれば、清楚な尼も絶叫して快楽を貪る。

「く……ううッ、悔しい。あたしのことを、放ったままにするなんてッ」

つぶやいたのは剃り跡も青い禿頭の後頭部で割れた二口女だ。

憑依できる膣口と肛門は震独丸と黒然和尚の支配下にある。もう光賢尼の後頭から移動できない。

人間に恨みを持つ妖魔は、おどろおどろしい姿で人間を脅かすのを好む。

男を喰らう二口女でいえば、男たちが自分に精を搾られておののき、最後には惨めに命を奪われる姿を見たいのだ。

「ああ、小粒を吸われておかしくなります。和尚様、わたくしのお尻、ご堪能いただけますか……んああっ、太いのが、おなかまでえぐってくるぅっ」

「柔らかくてこりこりの入口に、奥はぬらぬらと温かい。最高の尻穴じゃよ」

けれどこの和尚は憑依した自分よりも、ただの人間の尼僧に夢中だ。

「はん……あああっ、またイキます。和尚様、奥まで突いて。お尻、好きっ」

光賢尼は全身を震わせて、今日何度目かの喜悦に身を委《ゆだ》ねる。

若い身体は二穴と陰核を開発されて、すっかりイキ癖がついてしまった。

女が法悦に浸るのを見届けると、震独丸は動きを止めた。

絶頂の余韻できゅっ、きゅっと収縮する膣口が、付喪神となった張形をゆっくりと吐き出していく。

「ふ……はああっ、この玩具も、まるでわたくしの心を読んでいたようで」

「こやつは女の急所を狙い、蜜をあふれさせる。まさに女殺しよ」

和尚もまた、光賢尼の裏穴からぬらぬらと光る肉弁慶を引き抜くと、汗で濡れた背中を撫でてやる。

老僧と若い尼がじゃれているというのに、裏門の口にはなんの刺激もない。

「ううッ、くそ坊主……あたしを見ろ」

濡れた舌が現れて、厚くて真っ赤な唇を切なそうに舐める。

そのタイミングを、和尚は待っていた。

後背位で光賢尼の腰をつかんでいた手を伸ばし、二口女の舌をつかんだ。

「ん……はあッ、だえ、らえ、らめぇッ」

舌は人間よりもはるかに長く、唇から二十センチ近く出ている。

和尚は唾液まみれの妖魔の舌を握ると、ゆっくりと上下にしごく。

「ん……ッ」

二口女が漏らしたうめきは艶っぽいものだった。

舌をしごきながら、その先端に指を沿わせてくりくりと優しくまわしてみる。

「ふああぁッ、いい。あーん、いいッ」

ふてぶてしい態度だった二口女が、はじめて甘えるような声を出した。

舌への愛撫はとても感じるようだ。

(やはり、そうか。女陰と同じようにできているのか)

女にしか取り憑かずに男を喰らう、口と歯、舌だけの妖怪。二口女は口唇ではなく、いわば女性器が化けた怪異ではないか。和尚はそう思ったのだ。

紅《あか》くてぬらぬらと光る舌はさしずめ長いクリトリス。そして陰核は、医学的にはペニスに当たる器官だ。軸を握って上下にしごくと、二口女の唇がだらしなく開き、あへ、あへェと淫らな吐息が続く。

「お前は男に復讐してばかりで……こんな経験はなさそうじゃな」

和尚は光賢尼をバックから貫いたまま猿臂を伸ばし、尿道口こそないが少年の剝けたての亀頭に似た先端をぱくりとくわえた。

「おひいいッ、ああ、舐めるなんて。だめェ、恥ずかしい……んんあぁッ、変になる。こんなの……はじめてなのッ」

ちゅぷ、ちゅっくと舌陰核を舐められて、二口女が悶える。

「はは、可憐な声が出せるではないか。では、舌の根はどうじゃっ」

舌先を甘嚙みして拘束し、無防備になった口中に太い指を挿入する。

「ぬあんッ、おほおおおッ、指、だめ。掘らないでェ」

喉奥を指で撫でると、二口女の唇からたらたらと涎があふれる。

舌の裏側、つるりとした筋に指を滑らせる。

「んひいいいッ、おかしくなる。ほああっ、いい……いいッ」

舌の裏は特に感じる場所のようだ。泡立った唾液が指にからみつく。

「やはり、お前の口は女陰と同じか。では、男をくれてやる」

大の字に伏せた光賢尼を跨《また》ぐと、二口女めがけて肉弁慶を振り下ろす。

「ほ……あああぁッ、大きい……ひいいッ」

指よりもはるかに太い肉弁慶が妖魔の口を犯す。

小ぶりの禿頭を手で押さえ、血を塗ったように赤い唇に一本槍を突く。

がぽぽっと喉が鳴る。

一度はイラマチオで犯した場所だが、今度は扱いが違う。

「舌の裏が好みのようじゃな。それ、男の兜で擦ってやろう」

性感帯のない口を犯すつもりではなく、二口女そのものを女性器として扱い、感じるポイントを探りながらの抽送だ。

「んほッ、ほひッ、んン、ああ……蕩けるゥ」

亀頭を滑らせ、こりこりした喉奥を突く。女性器の子宮口に当たるらしい。

「あんッ、そこ……もっとおッ、はああッ、いじめてェ」

二口女の嬌声が陰嚢を湿らせる。

ぐぽっ、がぽっ。

容赦ない口内ピストンだ。

すでに光賢尼の肛内で刺激された肉弁慶は、発射準備を終えていた。

「く……おおおっ、出してやる。二口女の奥まで、たっぷりと浴びせてやる」

射精宣言と同時に抽送のリズムが一気に激しくなる。

じゅぽ、じゅっぽ、ぐぽっ。

水音が肉弁慶を震わせる。

強烈な快感と同時に、和尚の下腹がぐっと軽くなる。

「おおうっ、お前の中にぶちこむぞ。たっぷりと飲めっ」

どくり、どくうっ、どっぷ。

白濁を妖魔の喉に注ぐ。

「ふ……んんッ、いい。イキますッ。ああ、和尚様……一緒にイキます」

びくっ、びくっと精液まみれの唇が痙攣した。

数十秒の射精のあと、和尚は力を失った肉弁慶を引きあげた。

「ん……あふ」

二口女は、唇をすぼめて亀頭に当てると、ちゅっと可憐な音を立ててから離した。お別れのキスだ。

厚くて存在感のあった唇の色が薄くなり、口中の舌や歯の感触もだんだんと優しく変わっていく。

「ふあ……あたしはここまでみたいだね。消えるのは寂しいけれど」

二口女の口が閉じる。

剃髪した尼の後頭から、傷痕《きずあと》のように残った唇の輪郭が薄れて、やがて真横に結んだ一本の皺になり、そして消えた。

「あ……和尚様、今、なんとおっしゃいましたか」

忘我の境地をさまよっていた光賢尼が、首をまわして黒然を見あげる。

「いや、ワシはなにも言っておらん」

「不思議です。ありがとう、幸せにね、って声が聞こえたのですけれど」

和尚は本堂の天井を見あげた。あの口の悪い妖怪は、浄土までたどり着けるだろうか。

(まあ、口があれば、誰かに道を尋ねることはできる)

和尚の肉弁慶に、温かくて湿ったものが触れた。

「あのう……これからも浄霊を続けていただけませんか」

放ったばかりで柔らかくなった雄肉を、尼が愛おしそうに舐める。

「なにを言う。あの妖魔ならすっかりと消えたぞ」

「いえ……わたくしの中、もっと奥に、きっと別の淫魔がいるに違いありません。だって、こんなに……はしたなく燃えてしまうのですから」

光賢尼は自ら脚を大きく開いて、二穴を見せつける。

和尚よりも早く、傍らに転がっていた震独丸が、じぃぃ、じぃぃと出陣のうなりをあげた。

「まったく、生身の人間というのは度しがたいの」

本堂の壁に寄りかかったフランス人形が、あきれたようにつぶやく。

カトリーヌの、ガラス玉でできた青い目に映っているのは、若く美しい裸の尼に挑みかかる、筋骨隆々とした怪僧である。

畳の上では、じいこん、じいこんと、震独丸が身をよじって光賢尼の股間に迫る。

妖しい宴《うたげ》は、まだとうぶん続きそうである。

※この作品は「新鮮小説」(コスミック出版)に掲載された「肉坊主の浄霊四十八手」を改題のうえ大幅に加筆・修正し、文庫化したものです。

初出一覧

轟けV8霊感和尚　「新鮮小説」二〇二一年八月号
(「肉弁慶勃つ」に改題)

天然記念獣少女　「新鮮小説」二〇二一年十二月号

青い目をした穴人形　「新鮮小説」二〇二二年四月号

玉抜き河童池　「新鮮小説」二〇二二年八月号

処女霊の浄土送り　「新鮮小説」二〇二二年十月号

尼僧の秘唇　「新鮮小説」書下ろし

紅文庫

なまぐさ坊主《ぼうず》のゴーストファック

綿引《わたびき》 海《うみ》

2023年 1月 15日　第 1 刷発行

企画／松村由貴（大航海）
DTP／遠藤智子

編集人／田村耕士
発行人／日下部一成
発売元／株式会社ジーウォーク
〒 153-0051 東京都目黒区上目黒 1-16-8 Yファームビル 6 F
電話 03-6452-3118
FAX 03-6452-3110

印刷製本／中央精版印刷株式会社

ISBN978-4-86717-521-7

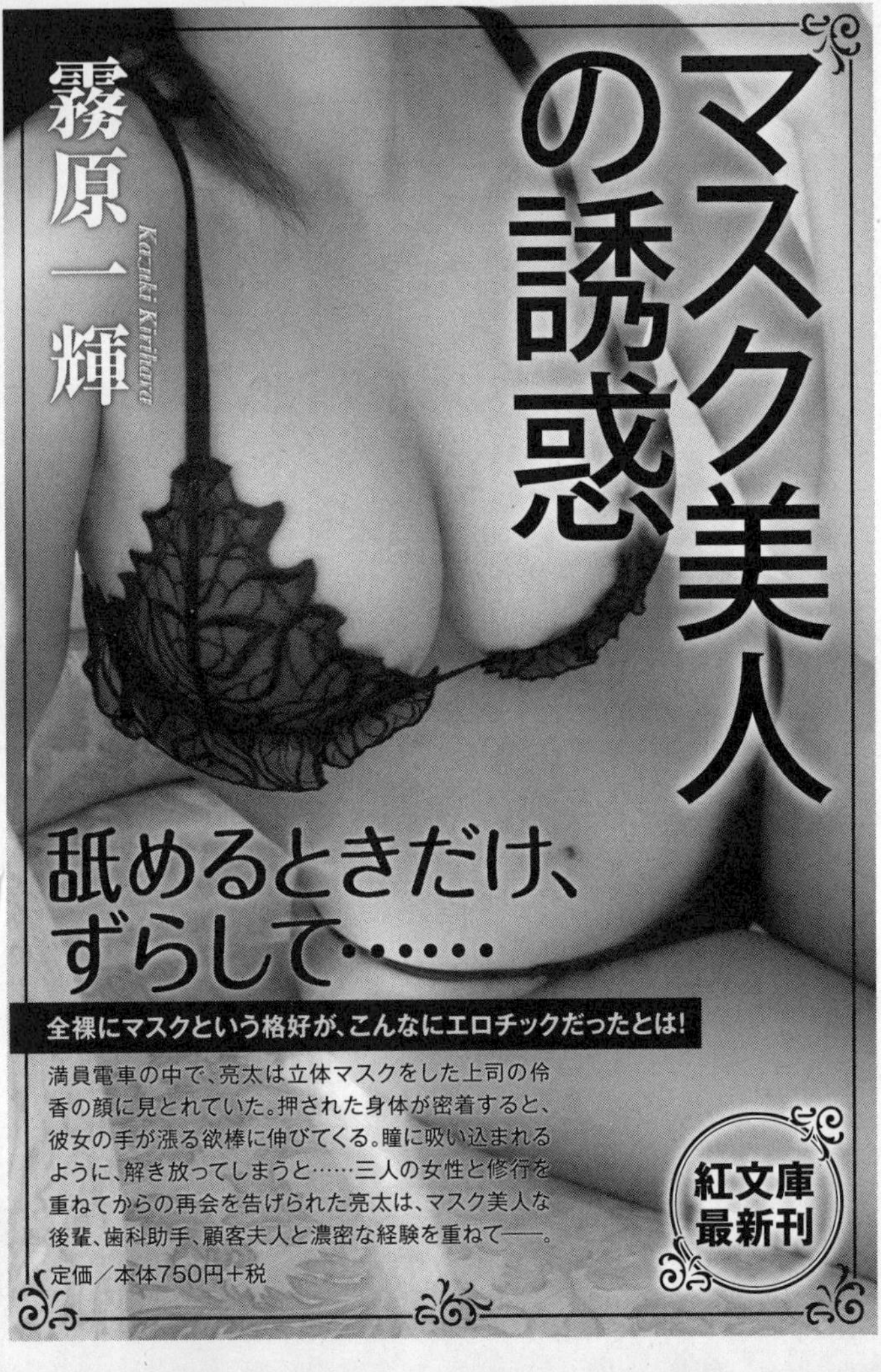
マスク美人の誘惑
霧原一輝
Kazuki Kirihara
舐めるときだけ、ずらして……
全裸にマスクという格好が、こんなにエロチックだったとは!
満員電車の中で、亮太は立体マスクをした上司の伶香の顔に見とれていた。押された身体が密着すると、彼女の手が漲る欲棒に伸びてくる。瞳に吸い込まれるように、解き放ってしまうと……三人の女性と修行を重ねてからの再会を告げられた亮太は、マスク美人な後輩、歯科助手、顧客夫人と濃密な経験を重ねて——。
定価/本体750円+税
紅文庫最新刊